CORAÇÃO E ALMA

Copyright © Éditions Gallimard, 2014.

Cet ouvrage, publié dans le cadre du Programme d'Aide à la Publication 2017 Carlos Drummond de Andrade de l'Institut Français du Brésil, bénéficie du soutien du ministère des affaires étrangères et du développement international.

Este livro, publicado no âmbito do Programa de Apoio à Publicação ano X Carlos Drummond de Andrade do Instituto Francês do Brasil, contou com o apoio do Ministério francês das relações exteriores e do desenvolvimento internacional.

Título original: *Réparer les vivants*

Tradução: *Maria de Fátima Oliva do Coutto*

Projeto gráfico: *Rádio Londres*

Revisão: *Shirley Lima, Suelen Lopes, Luara França*

Foto de capa: *Le Cercle Noir / Elise Pirelli*
© 2016 - Les Films du Bélier - L.F.P - Les Films Pelléas - France 2 Cinéma - Mars Films - Jouror - CN5 Productions - Ezekiel Film Prodction - Frakas Productions – RTBF

Dados Internacionais de Catalogação na Publicação (CIP)
(Câmara Brasileira do Livro, SP, Brasil)

Kerangal, Maylis de
   Coração e alma/ Maylis de Kerangal; tradução de Maria de Fátima Oliva do Coutto.
Rio de Janeiro : Rádio Londres, 2017.

   Título original: Réparer les vivants.
   ISBN 978-85-67861-21-0

   1. Romance francês I. Título.

17-04782   CDD-843

Índices para catálogo sistemático:
1. Romances : Literatura francesa   843

Todos os direitos desta edição reservados à
Editora Rádio Londres Ltda.
Rua Senador Dantas, 20 — Salas 1.601/02
20031-203 — Rio de Janeiro — RJ

Maylis de Kerangal

CORAÇÃO E ALMA

ROMANCE

Tradução de Maria de Fátima Oliva Do Coutto

"My heart is full"

*O efeito dos raios gama
nas margaridas*
Paul Newman, 1973

O coração de Simon Limbres. O que é esse coração humano, desde que seu ritmo acelerou, no instante do nascimento, quando outros corações ao seu redor também aceleravam celebrando o evento, o que é esse coração, o que o fazia saltar, vomitar, inchar, dançar leve como uma pluma ou pesar como uma pedra, o que o deixava tonto de empolgação, o que o fazia derreter de amor; o que é o coração de Simon Limbres, o que ele filtrava, registrava, arquivava — caixa-preta de um corpo de vinte anos —, ninguém sabe de verdade; apenas uma imagem em movimento criada por ultrassom poderia nos devolver seu eco, tornar visível a alegria que dilata e a tristeza que contrai, apenas o traçado de papel de um eletrocardiograma, realizado desde o início, poderia atestar seu estado, descrever o dispêndio e o esforço, a emoção que precipita, a energia prodigiosa necessária para se contrair cerca de cem mil vezes por dia e fazer circular até cinco litros de sangue por minuto, sim, só esse gráfico poderia contar sua história, delinear sua vida, vida de fluxo e refluxo, vida de válvulas que se abrem e se fecham, vida de pulsações, quando o coração de Simon Limbres, esse coração humano, ele mesmo, escapa às máquinas, ninguém poderia afirmar conhecê-lo, e naquela noite — noite sem estrelas, um frio de congelar os ossos no estuário e na região de Caux, enquanto uma onda sem reflexos seguia ao longo das falésias, enquanto a planície continental recuava, revelando seus sulcos geológicos —, esse coração remetia o ritmo regular de um órgão em repouso, de um músculo que recarrega lentamente — pulso provavelmente inferior aos cinquenta batimentos por minuto —, quando o despertador de um telefone celular soou ao pé de uma cama estreita, o eco de um sonar inscrevendo em LED luminescentes na tela sensível ao toque os dígitos 05:50, e quando de repente tudo precipitou.

Então, naquela noite, uma van freia num estacionamento deserto, para enviesada, as portas de correr batem, pela abertura lateral três silhuetas surgem, três sombras recortadas na escuridão e expostas ao frio — fevereiro glacial, rinite líquida, dormir vestido —, garotos, parece, que fecham o zíper do casaco até o queixo, descem o gorro até a altura dos cílios, deslizam o lóbulo carnudo das orelhas para baixo da lã polar e, soprando nas mãos unidas em corneta, orientam-se diante do mar, que àquela hora não passa de barulho, de barulho e de breu.

Garotos, agora dá para ver bem. Estão alinhados atrás da mureta que separa o estacionamento da praia, batendo os pés e respirando com força, suas narinas doloridas de tanto canalizar iodo e frio, e eles sondam essa extensão escura na qual não existe tempo, exceto o estrondo da onda que explode, esse barulho forçado no desmoronamento final; esquadrinham o que retumba diante deles, esse louco clamor no qual não há nada para se pousar o olhar, nada, exceto talvez a orla embranquecida, espumosa, bilhões de átomos catapultados uns contra os outros num halo fosforescente e, abalados pelo inverno fora da van, aturdidos pela noite marinha, os três garotos agora se recompõem, adaptam a visão, a escuta, calculam o que os aguarda, o *swell*, julgam a onda de ouvido, avaliam seu índice de arrebentação, seu coeficiente de profundidade, e lembram-se de que as ondas formadas no mar aberto progridem sempre mais rápido do que os barcos mais velozes.

Bom, um dos três garotos murmurou em voz baixa, a sessão vai ser boa, os outros dois sorriram, e em seguida, devagar, os três recuaram, raspando o solo com as solas e girando no próprio eixo, uns tigres, ergueram os olhos para observar a noite no fundo do lugarejo, noite ainda fechada atrás das falésias, e então aquele que falou olhou o relógio, aí brothers ainda faltam quinze minutos, e entraram de novo na van à espera do crepúsculo náutico.

Christophe Alba, Johan Rocher e ele, Simon Limbres. Os despertadores tocavam quando afastaram o lençol e saíram da cama para uma sessão combinada pouco antes da meia-noite por mensagens de texto, uma sessão com meia-maré, como só acontece duas ou três vezes por ano — mar agitado, onda regular, vento fraco e ninguém à vista. De jeans e casaco, saíram sem nada, sem um copo de leite, sem um punhado de cereais, sem um pedaço de pão, plantaram-se na porta do prédio (Simon), no portão da casa (Johan), e aguardaram a van, porque ele (Chris) também era pontual, e eles, que de hábito mal tinham a energia para se arrastar do sofá da sala para a cama, aqui estão, na rua às seis da manhã, batendo os pés, cadarços desamarrados e hálito fétido — sob o poste de luz, Simon Limbres observou o ar expirado pela boca desagregar-se, as metamorfoses da fumarola branca compacta elevando-se e dissolvendo-se na atmosfera até desaparecer, e lembrou que, quando criança, gostava de brincar de fumante, colocava os dedos indicador e médio esticados na frente dos lábios, inspirava fundo sugando as bochechas e soprava feito um homem —, esses garotos, ora *The Three Caballeros*, ora os *Big Waves Hunters*, ora Chris, John e Sky, aliás não apelidos, mas pseudônimos, criados para se reinventarem surfistas planetários quando são alunos do estuário, tanto que, ao contrário, pronunciar seus nomes os rebaixa no ato a uma configuração hostil: o chuvisco gelado, o sussurro das marolas, as falácias como muros e as ruas desertas ao cair da noite, a bronca dos pais e as exigências escolares, a queixa da namorada deixada para trás, abandonada mais uma vez, preferindo a van e as ondas a ela, a garota que jamais poderá vencer o chamado do mar.

Estão na van — nunca dizem caminhonete, melhor a morte. Umidade pegajosa, areia granulando as superfícies e arranhando as nádegas como lixa, borracha salobra, fedor de mariscos de maré e de parafina, pranchas empilhadas, pilha de macacões de neoprene — curtos e longos, grossos com balaclavas incorporadas —, luvas, botas, cera em potes, *leashes*. Sentaram-se os três na frente, apertados, ombro a ombro, esfregaram as mãos entre as coxas soltando guinchos, porra, tá gelado, depois deram algumas mordidas nas barras de cereais vitaminadas — tomando cuidado para não comer muito, é só depois que você pode devorar tudo de uma vez —, passaram a garrafa de Coca-Cola, a bisnaga de leite condensado Nestlé, os biscoitos moles e açucarados de meninos — Pépito e Chamonix—, depois, de repente, um deles pegou debaixo do banco o último número da *Surf Session*, que haviam apoiado no painel, unindo as três cabeças acima das páginas brilhando na penumbra, o papel lustroso como pele hidratada com protetor solar e prazer, páginas viradas milhares

11

de vezes e que de novo eles sondam, os globos saltados das órbitas, as bocas secas: arrebentação em Mavericks e *point break* em Lombok, ondas ferozes em Jaw, no Havaí, tubos em Vanuatu, bancada rasa em Margaret River, as melhores praias do planeta, onde se sucede e se desenrola o esplendor do surf. Apontam as imagens com um indicador febril, ali, ali, um dia irão ali, quem sabe até no próximo verão, os três na van para uma *surf trip* lendária, partirão em busca da mais bela onda jamais formada na Terra, seguirão à procura daquele pico selvagem e secreto, que descobrirão do modo como Cristóvão Colombo descobriu a América, e estarão sozinhos no *line up* quando enfim surgir a esperada, aquela ondulação vinda do fundo do oceano, arcaica e perfeita, a beleza em si, então o movimento e a velocidade os erguerão na prancha, uma descarga de adrenalina, enquanto pelo corpo inteiro e até a extremidade dos cílios vibrará uma alegria incrível, e eles surfarão a onda, se unirão à terra e à tribo dos surfistas, humanidade nômade de cabeleiras descoloridas pelo sal e pelo eterno verão, de olhos desbotados, meninos e meninas tendo como única vestimenta shorts estampados de flores de Tiaré ou pétalas de hibiscos, camisetas turquesa ou laranja sanguínea, calçando chinelos de borracha, essa juventude dourada de sol e de liberdade, e eles surfarão a onda até a praia.

As páginas da revista se iluminam à medida que o céu vai clareando lá fora, revelando suas gradações de azul, entre as quais esse cobalto puro que fere os olhos, e verdes tão profundos que parecem traçados com acrílico, aqui e ali aparece o rastro de uma prancha, minúscula estria branca sobre a fenomenal parede de água, os meninos piscam, murmuram porra, muito louco, depois Chris se afasta para olhar o celular, a luz da tela azula suas feições e, vindo de baixo, a iluminação acentua os ossos do rosto — arcada supraciliar proeminente, queixo prógnato, lábios arroxeados —, enquanto lê em voz alta as informações do dia: Petites Dalles *today*, onda sudoeste/ noroeste ideal, ondas entre um metro e cinquenta e um metro e oitenta, a melhor sessão do ano; depois pontua, solene: vamos arrebentar, *yes*, vamos ser *kings*! — o inglês incrustado constantemente no francês, por qualquer motivo, o inglês como se vivessem numa música pop ou num seriado americano, como se fossem heróis, estrangeiros, o inglês que atenua palavras enormes, "vida" e "amor" se tornando *life* e *love*, mais leves, e finalmente o inglês como um pudor — e John e Sky assentiram em sinal de aquiescência infinita, *yeah, big wave riders, kings.*

Chegou a hora. Início do dia em que o informe toma forma: os elementos se organizam, o céu se separa do mar, o horizonte se discerne. Metódicos, os três garotos se preparam, obedecendo a uma ordem precisa, também um ritual: besuntam a prancha, verificam as presilhas do *leash*, vestem as roupas de baixo especiais de polipropileno antes de, contorcendo-se no estacionamento, colocarem os macacões — o neoprene adere à pele, arranha e às vezes até assa —, coreografia de marionetes de borracha que demanda ajuda mútua, necessita de toques, de puxões; depois as botas de cano curto, a balaclava, as luvas, e fecham a van. Então, descem rumo ao mar, prancha debaixo do braço, leves, atravessando a praia de seixos com passadas largas, as pedrinhas afundando sob seus passos em uma barulheira infernal e, uma vez chegando à beira-mar, quando tudo se define à sua frente, o caos e a festa, prendem o *leash* no tornozelo, ajeitam a balaclava, minimizam o espaço de pele nua em volta do pescoço pegando nas costas esse cordão que suspendem até os últimos dentes do zíper — trata-se de impermeabilizar a pele jovem, uma pele em geral constelada de acne no alto das costas, nas omoplatas, onde ele, Simon Limbres, ostenta uma tatuagem maori a tiracolo —, e esse gesto, o braço estirado no ar com um golpe seco, significa o início da sessão, *let's go!* —, então talvez agora os corações se agitem, tremam devagar nas caixas torácicas, talvez a massa e o volume aumentem e a batida se intensifique, duas sequências distintas num mesmo batimento, duas pancadas, sempre as mesmas: a do terror e a do desejo.

Entram na água. Não berram ao mergulhar os corpos moldados por essa membrana flexível que conserva o calor da carne e a explosão dos impulsos, não soltam um grito, mas fazem caretas enquanto atravessam a muralha de seixos que rolam sob seus passos, até um ponto a cinco ou seis metros da beira onde o mar fica mais fundo e não dá mais pé, inclinam-se, deitam de barriga na prancha, os braços cortam a maré com força, atravessam a zona de ressaca e avançam rumo ao mar aberto.

A duzentos metros da margem, o mar não passa de uma tensão ondulatória que esvazia e se engrossa, erguendo-se como um lençol lançado sobre um colchão. Simon Limbres, fundido em seu movimento, rema na direção do *line up*, essa zona ao largo em que o surfista aguarda a partida da onda, assegurando-se da presença de Chris e John à esquerda, flutuando como pequenas boias pretas, agora quase invisíveis. A água está escura, marmoreada, venosa, cor de estanho. Nenhum brilho ainda, nenhuma claridade, apenas essas partículas brancas polvilhando a superfície como açúcar; a água está gelada, 9 ou 10°C, não mais, Simon jamais poderá pegar mais de três ou quatro ondas, sabe disso, o surf na água fria extenua o organismo, em uma hora estará acabado, deve selecionar, escolher a onda mais bem-formada, aquela cuja crista seja alta sem se mostrar muito pontuda, aquela cujo arco se abrirá com bastante amplitude para que nela se posicione, e que prosseguirá até o fim, conservando no final do percurso a força necessária para estourar borbulhante na praia.

Ele se volta para a costa como sempre gosta de fazer antes de se afastar ainda mais: a terra está lá, estirada, crosta escura sob as luzes azuladas, e é outro mundo, um mundo do qual está dissociado. A falésia erguida em corte sagital indica os estratos do tempo, mas ali onde ele se encontra o tempo deixou de existir, a história deixou de existir, e apenas essa maré aleatória o conduz e rodopia. O olhar se detém no veículo disfarçado de van californiana parado no estacionamento na frente da praia — reconhece a carroceria coberta de adesivos acumulados ao longo das sessões, todos aqueles nomes que ele conhece tão bem, Rip Curl, Oxbow, Quiksilver, O'Neill, Billabong, um afresco psicodélico que mistura numa mesma alucinada ondulação campeões de surf e estrelas do rock, esse conjunto salpicado por uma boa dose de garotas de biquíni arqueando as costas, cabelos de sereia, essa van que é obra coletiva do grupo e antessala da onda — em seguida, seu olhar se agarra aos faróis traseiros de um carro subindo a planície e desaparecendo no interior, o perfil de Juliette adormecida se delineando em sua mente, deitada em posição fetal debaixo de seu edredom de menina, traz uma expressão teimosa mesmo no sono, e de repente ele dá meia-volta, se desvencilha, se afasta do continente num sobressalto, mais algumas dezenas de metros, então para de remar.

Braços que repousam, mas pernas que guiam, mãos agarradas às bordas da prancha e torso levemente erguido, queixo alto, Simon Limbres flutua. Ele espera. Tudo em fluxo ao seu redor, pedaços inteiros de mar e de céu aparecem e desaparecem a cada redemoinho na superfície lenta, pesada, lenhosa, massa basáltica. A aurora abrasiva queima seu rosto, a pele repuxa, os cílios endurem como fios de vinil, os cristalinos atrás das pupilas congelam como se esquecidos no fundo de um freezer e o coração começa a desacelerar reagindo ao frio, quando de repente ele a vê chegar, ele a vê avançar, firme e homogênea, a onda, a promessa, e por instinto se posiciona para buscar a entrada e infiltrar-se, esgueira-se como um bandido entrando em um cofre para roubar o tesouro — mesma balaclava, mesma precisão milimetrada do gesto —, para se inserir em seu inverso, nessa torção de matéria em que o interior se prova ainda mais vasto e mais profundo do que o exterior, ela está ali, a trinta metros, ela se aproxima em velocidade constante, e bruscamente, concentrando sua energia nos antebraços, Simon se arremessa e rema com todas as forças a fim de aproveitar justamente a velocidade da onda, a fim de ser pego em sua subida, e agora é o *take off*, fase ultrarrápida em que o mundo inteiro se concentra e se precipita, flash temporal em que é preciso inalar forte, cortar toda a respiração e erguer o corpo numa única ação, dar o impulso vertical que o erguerá na prancha, pés bem afastados, o esquerdo na frente, *regular*, pernas flexionadas e costas quase paralelas à prancha, braços abertos para estabilizar o conjunto, e aquele segundo é decididamente o preferido de Simon, o que lhe permite capturar no todo a explosão de sua existência, domar os elementos, incorporar-se à vida, e, uma vez de pé na prancha — avaliando, nesse instante, a altura da onda, da base até a crista, em mais de um metro e cinquenta —, estender o espaço, dilatar o tempo, esgotar a energia de cada átomo de mar até o final do percurso. Tornar-se arrebentação, tornar-se onda.

Ele pega esse primeiro *ride* soltando um grito, e por um instante atinge um estado de graça — é a vertigem horizontal, está da altura do mundo, e como se dele procedesse, agregado ao seu fluxo —, o espaço o invade, comprimindo-o ao mesmo tempo que o libera, satura suas fibras musculares, seus brônquios, oxigena seu sangue; a onda se desdobra em uma temporalidade confusa, lenta ou rápida, difícil dizer, suspendendo cada segundo até acabar pulverizada, amontoado orgânico sem mais sentido e, incrível, mas, apesar de machucado pelos seixos no borbulhar final da onda, Simon Limbres deu meia-volta para retornar direto, sem sequer tocar na terra, sem sequer demorar-se sobre as figuras fugazes formadas na espuma quando o mar esbarra na terra, superfície contra superfície; ele voltou ao largo, remando ainda mais forte, avançando na direção desse limiar onde tudo começa, onde tudo se põe em movimento, junta-se aos dois amigos, que logo soltarão o mesmo grito na descida, e a série de ondas entrincheiradas sobre eles desde o horizonte, pilhando seus corpos, não lhes permite nenhum repouso.

Nenhum outro surfista apareceu no pico para se unir a eles, ninguém se aproximou do parapeito para observá-los surfar, nem os viu sair da água uma hora depois, abatidos, esgotados, as pernas trêmulas, titubeando enquanto atravessavam de novo a praia para chegar ao estacionamento e reabrir a van, ninguém viu seus pés e suas mãos igualmente azulados, machucados, violáceos até debaixo das unhas, nem as esfoliações lacerando-lhes os rostos, as rachaduras nas comissuras dos lábios enquanto os dentes batiam *clac clac clac*, seus maxilares tremendo sem parar, como seus corpos, tremor que os três garotos tentam inutilmente acalmar; ninguém viu nada e, uma vez vestidos de novo, cuecas de lã debaixo das calças, camadas de pulôveres, luvas de couro, ninguém os viu esfregarem mutuamente as costas, incapazes de dizer outra coisa senão caralho, puta que o pariu, quando teriam adorado conversar, descrever as descidas, eternizar a lenda da sessão, e assim, tremendo, entraram na van e fecharam as portas, em seguida Chris encontrou forças para ligar o motor, dar a partida e se mandarem daquele lugar.

Chris dirige — sempre ele, a van pertence a seu pai e nem Johan nem Simon têm carteira de motorista. A partir de Petites Dalles, é preciso contar cerca de uma hora para chegar a Le Havre, pegando, a partir de Étretat, a antiga estrada que desce o estuário por Octeville-sur-Mer, o valezinho de Ignauval e Sainte-Adresse. Os garotos pararam de tiritar, o aquecedor da caminhonete no máximo, a música também, e sem dúvida o calor na cabine é outro choque térmico, sem dúvida a fadiga se faz sentir, eles bocejam, as cabeças balançando, buscando aninhar-se no encosto dos assentos, envolvidos pelas vibrações do veículo, nariz tapado pela echarpe, e sem dúvida também cochilam, as pálpebras se fecham por intermitência, e então talvez, passada Étret, Chris acelerou sem nem se dar conta, ombros caídos, mãos pesadas no volante, a estrada ficou retilínea, sim, talvez ele tenha pensado está tranquilo, está livre, e a vontade de abreviar esse tempo e voltar para casa e deitar, para se recuperar dos efeitos da sessão, da sua violência, tudo isso o levou a pisar no acelerador, tanto que se deixou ir, cortando a planície e os campos escuros, revirados, campos onde nada se mexe, e sem dúvida a perspectiva da estrada principal — uma ponta de flecha encravada na frente do para-brisa como na tela de um videogame — acabou o hipnotizando como uma miragem, tanto que, fitando-a, ele perdeu qualquer vigilância, quando todos se lembram de que havia geado naquela noite, o inverno formando uma película sobre a paisagem, todos sabem das placas finas de gelo que se formam sobre o asfalto, invisíveis sob o céu fosco, mas capazes de esconder os acostamentos da estrada, e todos imaginam as camadas de neblina que pairam sobre a estrada a intervalos irregulares, compactas, quando a água evapora da lama à medida que o dia vai nascendo, camadas de neblina baixas que invadem o lado de fora, apagando qualquer ponto de referência. Sim, todo mundo sabe, mas o que mais poderia ser? Um animal atravessando a via? Uma vaca perdida, um cachorro que escapou por baixo de uma cerca, uma raposa de cauda de fogo ou até mesmo uma silhueta humana fantasmagórica surgida na beira da escarpa e que ele precisou evitar no último instante com uma guinada do volante? Ou talvez uma canção? Sim, quem sabe as garotas de biquíni que revestiam a carroceria da van se animaram de repente e rastejaram no capô, invadindo o para-brisa, lascivas, as cabeleiras verdes, soltando suas vozes inumanas ou demasiadamente humanas, e Chris perdeu a cabeça, atraído pela armadilha, detectando esse canto que não era deste mundo, esse canto de sereias, esse canto mortal? Ou então quem sabe Chris fez um movimento em falso, sim, é isso, um gesto em falso, como o tenista perde uma tacada simples, como o esquiador perde o equilíbrio, uma besteira, quem sabe não girou o volante enquanto a estrada descrevia uma curva, ou enfim, pois é preciso também imaginar essa hipótese, quem sabe Chris dormiu ao volante, deixou os campos monótonos para entrar no tubo de uma onda, na espiral maravilhosa e de repente inteligível correndo à frente de sua prancha, entubando o mundo com ela, o mundo e o azul do mundo.

O socorro chegou ao local por volta das nove e vinte da manhã — SAMU, polícia — e placas de sinalização foram logo instaladas em ambas as mãos da via a fim de desviar a circulação para as estradinhas laterais e, assim, proteger a zona de intervenção. O grosso do trabalho consistiu em retirar os corpos dos três garotos presos no veículo, misturados aos das garotas sereias que sorriam e faziam caretas no capô, deformadas, esmagadas umas contra as outras, frangalhos de coxas, de bundas, de seios.

Estabeleceram sem dificuldade que a caminhonete trafegava rápido, uma velocidade estimada em 92 km/h, ou seja, ultrapassava em 22 km/h o limite permitido nesse segmento da via, e estabeleceram também que, por razões desconhecidas, o motorista havia desviado para a esquerda sem retornar ao eixo, não tinha freado — nenhuma marca de pneus no asfalto — e atingira o poste em cheio; constataram a ausência de *airbags*, sendo o modelo da van bem antigo, e que, dos três passageiros no banco da frente, apenas dois usavam cinto de segurança: os dois nas laterais, no assento do motorista e no do passageiro; enfim, estabeleceram que o terceiro indivíduo, no meio do banco, havia sido atirado para a frente sob a violência do choque, o crânio quebrando o para-brisa; vinte minutos foram necessários para soltá-lo das ferragens, inconsciente na chegada do SAMU, o coração ainda batendo, e, tendo encontrado seu cartão do refeitório no bolso do casaco, verificaram que seu nome era Simon Limbres.

Naquela manhã, Pierre Révol chegou ao plantão às oito. Enquanto o céu noturno começava a clarear, assumindo uma cor cinza pálido, bem diferente das grandiloquentes coreografias das nuvens que haviam decretado a reputação do estuário, ele passou o cartão magnético na entrada do estacionamento e seguiu devagar pela área cercada do hospital, serpenteando entre prédios interligados como uma planta complexa, e estacionou o carro — um Laguna azul-petróleo, um carro velho mas ainda confortável, interior de couro e bom equipamento de som: o modelo favorito das companhias de táxi, pensa ele, sorrindo — na vaga que lhe era reservada. Depois entrou no hospital, atravessou o imenso saguão envidraçado na direção da ala norte e, andando apressado, chegou ao Departamento de Reanimação Médico-Cirúrgica e Medicina Hiperbárica no térreo.

Ele cruza a entrada do setor empurrando tão forte a porta com a palma da mão que ela sempre bate várias vezes no vazio depois de sua passagem, e os que terminam o turno da noite, homens e mulheres de jaleco branco ou verde, igualmente abatidos, despenteados, gestos bruscos e olhos brilhantes, o ricto febril nos rostos tensos — peles de tamborim —, rindo muito alto ou tossindo como quem carrega um gato no peito, afônicos, esbarram nele no corredor, passam perto ou, ao contrário, o veem chegar de longe, então dão uma olhada no relógio e mordem os lábios pensando, ainda bem, chega, em dez minutos a gente se manda, em dez minutos vamos embora, e instantaneamente os rostos relaxam, mudam de cor, empalidecem, as olheiras afundam de repente sob as pesadas pálpebras que piscam.

Passos largos e calmos, em velocidade constante, Révol chega a seu escritório sem se desviar de sua trajetória para responder aos cumprimentos que já lhe dirigem, receber os papéis que já lhe estendem, atender aquele médico residente que já lhe segue solicitando sua atenção; usando sua chave, entra numa porta sem placa, e se prepara para o dia de trabalho: pendura o casaco no gancho preso nas costas da porta — um sobretudo cáqui —, enfia o jaleco, liga a cafeteira, o computador, tamborila maquinalmente sobre a papelada que cobre sua mesa, inspeciona as pilhas por categoria, senta-se, conecta-se à internet, seleciona as mensagens em sua caixa, redige uma ou duas respostas — nem bom-dia nem nada, palavras esvaziadas de vogais e nenhuma pontuação —, depois se levanta e respira fundo. Está em forma, sente-se bem.

É um cara de alta estatura, magricelo, tórax côncavo e barriga saliente — a solidão —, braços e pernas compridos, sapatos Repetto brancos com cadarços, algo de descuidado e indefinido aliado a uma postura juvenil; o jaleco sempre aberto, de modo que, quando se move, as abas inflam, se afastam, parecem asas, revelando um jeans e uma camisa também branca e amassada.

A luzinha vermelha se acende na base da cafeteira enquanto se espalha o odor acre da placa elétrica esquentando no vazio, o resto de café amorna na jarra de vidro. Embora minúsculo — cinco ou seis metros quadrados no máximo —, esse espaço privativo é um privilégio no hospital; de qualquer maneira, surpreende descobri-lo tão impessoal, bagunçado, de limpeza duvidosa: poltrona giratória com bom nível de conforto, apesar do assento alto, mesa em que se amontoam formulários de todo tipo, papéis, cadernos, blocos e canetas com logotipos fornecidas por laboratórios em sacos plásticos, uma garrafa vazia de San Pellegrino e a foto emoldurada de uma paisagem do Monte Aigoual. Pontuando essa confusão, dispostos em triângulo isósceles, um peso de papel de vidro veneziano, uma tartaruga de pedra e um porta-lápis talvez sejam os únicos toques pessoais; na parede dos fundos, uma estante metálica aloja caixas de arquivos numeradas por ano e vários dossiês, uma grossa camada de poeira e livros raros cujos títulos só é possível ler quando você se aproxima para ver melhor: os dois tomos de *O homem diante da morte*, de Philippe Ariès, *A escultura do ser vivo*, de Jean Claude Ameisen, na edição da Points Sciences, um livro de Margaret Lock com a capa bicolor e a ilustração de um cérebro, *Twice Dead. Organ Transplants and the Reinvention of Death*, um número da *Revista neurológica* de 1959 e um romance policial de Mary Higgins Clark, *Revelação ao luar* — um livro que Révol adora, logo será possível compreender o porquê. Fora isso, nada de janelas, luz néon fria, luminosidade de cozinha às três da manhã.

No hospital, a UTI é um espaço à parte que acolhe as vidas tangenciais, os comas profundos, as mortes anunciadas, e abriga esses corpos situados entre a vida e a morte. Um universo de corredores, quartos, salas, regido pelo suspense. Révol trabalha nesse lusco-fusco, o contrário do mundo diurno, o mundo da vida contínua e estável, dos dias infiltrados de luz rumo a projetos futuros; age no vazio desse território como quem mexe nos bolsos escuros e nas dobras escondidas de um grande e velho casaco. É por isso que adora dar plantão aos domingos e à noite, sempre gostou, desde os seus tempos de residência. Imaginem Révol, jovem estagiário longilíneo seduzido pela ideia do plantão em si, essa sensação de ser solicitado, de ser autônomo, mas estar a postos, mobilizado para assegurar a continuidade do procedimento médico em dado perímetro, investido de vigilância e imbuído de responsabilidade. Adora a intensidade alveolar, a temporalidade específica, a fadiga agindo como um excitante sub-reptício, aumentando gradualmente no corpo, acelerando-o e o tornando mais preciso, de uma forma que é quase erótica; gosta do silêncio vibrátil, do lusco-fusco — aparelhos piscando na penumbra, telas de computadores azuladas e lâmpada de escritório como a chama de uma vela em um quadro de La Tour, *O recém-nascido*, por exemplo —, e ainda a sensação física do plantão, esse clima de enclave, essa impermeabilidade, a unidade como uma nave espacial lançada em buracos negros, um submarino mergulhando no mais profundo dos abismos, na Fossa das Marianas. Mas já faz muito tempo que Révol daí extrai outra coisa: a nua consciência de sua existência. Não a sensação de poder, a exaltação megalomaníaca, mas exatamente o contrário: o influxo de lucidez que regula suas ações e filtra suas decisões. Uma injeção de sangue-frio.

Reunião da unidade: a transferência. As equipes de revezamento estão em círculo, de pé, encostadas nas paredes, alguns deles com um copo na mão. O chefe dos residentes responsável pelo turno anterior é um cara de uns trinta anos, espadaúdo, cabelo grosso, braços musculosos. Irradia exaustão. Detalha a situação dos pacientes internados na unidade — por exemplo, a ausência de qualquer evolução significativa no homem de oitenta anos, ainda inconsciente após sessenta dias na UTI, enquanto o estado neurológico daquela moça admitida há dois meses depois de uma overdose se deteriorou —, antes de expor em mais detalhes o caso dos recém-chegados: uma mulher de cinquenta e sete anos, moradora de rua, cirrose avançada, internada depois de ter entrado em convulsão num Centro de Acolhimento, e cujo estado hemodinâmico permanece instável; um homem de uns quarenta anos, internado à noite após infarto agudo do miocárdio, e apresentando edema cerebral — fazia jogging na orla, na direção do Cap de la Hève, tênis de luxo e uma faixa laranja fluorescente na cabeça, quando desabou na altura do Café de l'Estacade, e, embora envolto em cobertor térmico, no momento de sua internação, estava arroxeado, ensopado de suor, as faces encovadas. Qual o estado dele?, interroga Révol em tom neutro, encostado na janela. Uma enfermeira toma a palavra, informa que os sinais vitais (pulso, pressão arterial, temperatura, respiração) estão normais, a diurese está fraca, colocaram um cateter VVP (via venosa periférica). Révol não conhece a moça, pergunta sobre o resultado do exame de sangue do paciente, ela lhe responde que está em curso. Révol olha o relógio: ótimo, vamos. O grupo se dispersa.

A enfermeira que falou permanece no aposento, intercepta Révol e lhe estende a mão: Cordélia Owl, sou nova aqui, trabalhava no CC (Centro Cirúrgico). Révol meneia a cabeça, certo, seja bem-vinda. Se a olhasse melhor, veria que ela tem um aspecto um pouco estranho: não que ela pareça estar bêbada ou de ressaca, mas ela tem marcas no pescoço que parecem chupões, a boca está muito vermelha, mesmo sem batom, os lábios inchados, nós nos cabelos, joelhos roxos; talvez, se olhasse com mais atenção, ele se perguntaria de onde vem esse sorriso ambíguo, esse sorriso de Mona Lisa que não a abandona nem mesmo quando se inclina sobre os pacientes para limpar-lhes os olhos e a boca, instalar sondas de intubação, verificar os sinais vitais, administrar a medicação, e talvez ele acabaria adivinhando que ela encontrara o amante naquela noite, que ele tinha telefonado após semanas de silêncio, o canalha, e ela fora ao seu encontro, sóbria e belíssima, vestida para matar, pálpebras esfumaçadas, cabelos sedosos, seios fartos, decidida a manter uma distância amigável, mas, por não ser uma boa atriz, sussurra distante, Tudo bem? Bom te rever, quando seu corpo inteiro, em brasa, irradia sua perturbação, incuba sua emoção, tanto que tinham bebido uma cerveja e mais outra, tentado conversas que não engrenavam, então saiu para fumar, repetindo para si mesma preciso ir agora, preciso ir, isso é uma babaquice, mas ele foi ao seu encontro lá fora, não vou demorar, não quero dormir tarde, puro fingimento, então tirou o isqueiro para acender seu cigarro, ela abrigou a chama com as mãos inclinando a cabeça, mechas deslizaram em seu rosto ameaçando pegar fogo, ele as prendeu atrás de sua orelha com um gesto automático, os dedos lhe roçaram a têmpora, tão automático que ela se deu por vencida, os joelhos tremeram, tudo isso em consequência de uma técnica de sedução mais velha que o mundo, e pronto, alguns segundos mais tarde, os dois cambaleavam debaixo de um pórtico próximo, abrigados pela escuridão e pelos odores de vinho barato, esbarrando nas lixeiras, revelando zonas de pele branca, o alto das coxas surgindo do jeans ou da meia-calça, as barrigas expostas pelo levantar das camisas, as nádegas, pelo desafivelar dos cintos, os dois ardendo e gelando ao mesmo tempo, num embate de desejo mútuo e violento... Sim, caso Révol a observasse melhor, veria em Cordélia Owl uma garota curiosamente alerta, apesar de começar seu turno depois de uma noite insone, uma moça bem mais preparada para o dia do que ele, e com a qual iria poder contar.

Temos alguém para vocês. Um telefonema às dez e doze. As palavras se atropelam, neutras e informativas. Homem, um metro e oitenta e três, setenta quilos, cerca de vinte anos, acidente na estrada, traumatismo craniano, em coma — nós sabemos quem é, claro: seu nome é Simon Limbres. Mal termina a ligação e a equipe do SAMU chega à UTI, as portas de incêndio são abertas, a maca é empurrada, atravessa o corredor principal da unidade, pessoas se afastam à sua passagem. Révol aparece; acaba de examinar a paciente internada à noite após as convulsões e está pessimista: a mulher não recebeu massagem cardíaca a tempo, o raio X revelou a morte de células do fígado após a parada cardíaca, sinal de que as do cérebro foram afetadas; está em alerta e pensa de repente, vendo chegar a padiola no final do corredor: este domingo o plantão vai ser puxado.

O médico do SAMU acompanha a maca. Careca, na casa dos cinquenta, físico de alpinista: ausência total de gordura, duro como pedra. Ele expõe os dentes pontudos anunciando em voz alta: Glasgow 3! Depois, especifica para Révol: os exames neurológicos mostraram ausência de reação espontânea aos estímulos auditivos (chamados), visuais (luz) e táteis; além do mais, tem problemas oculares (movimentos assimétricos dos olhos) e problemas vegetativos de ordem respiratória; intubamos direto. Ele fecha os olhos alisando o crânio, da testa até o occipício: suspeita de hemorragia cerebral em consequência de traumatismo craniano, coma não reativo, Glasgow 3 — ele usa essa língua compartilhada, língua que bane o prolixo como perda de tempo, proscreve a eloquência e a sedução das palavras, abusa dos nominais, códigos e acrônimos, língua segundo a qual falar significa antes de tudo descrever, em outras palavras, informar sobre um corpo, reunir os parâmetros de uma situação a fim de permitir a realização de um diagnóstico, pedir exames, curar e salvar: o poder da síntese. Révol registra cada informação, pede uma ressonância magnética.

É Cordélia Owl quem se encarrega do rapaz, instalando-o no quarto, no leito. Em seguida, a equipe do SAMU deixa a unidade, levando seu equipamento — maca, respirador, tubo de oxigênio. Trata-se agora de colocar um cateter arterial, eletrodos no tórax, uma sonda urinária e ligar o monitor onde os sinais vitais de Simon serão registrados — linhas coloridas e formas diferentes aparecem superpostas, linhas retas e rompidas, derivações hachuradas, ondulações ritmadas: morse da medicina. Cordélia trabalha com Révol, os gestos seguros, os movimentos fluidos, serenos, como se seu corpo tivesse sido expurgado do *spleen* viscoso que ainda na véspera emplastrava seus gestos.

Uma hora mais tarde, a morte se apresenta, a morte se anuncia, mancha móvel de contorno irregular opacificando uma forma mais clara e maior; ei-la, é ela. Uma visão abrupta como um tapa na cara, mas Révol não pestaneja, concentrado nos elementos descobertos na tela de seu computador, imagens labirínticas rotuladas como mapas geográficos que ele gira em todos os sentidos e nas quais dá zoom, compara referências, mede distâncias, enquanto em sua mesa, ao alcance da mão, está uma pasta de cartolina com o logotipo do hospital contendo um impresso com as imagens consideradas "pertinentes", fornecidas pelo departamento de radiologia encarregado pelo escaneamento do cérebro de Simon Limbres. Para produzir essas representações, submeteram a cabeça do menino a uma varredura de raios X e, com base numa técnica de análise chamada tomografia, capturaram os dados por "fatias", "cortes" de espessura milimétrica que podem ser analisados em todos os planos espaciais: plano coronal, axial, sagital e oblíquo. Révol sabe ler essas imagens, o que enunciam a respeito do estado do paciente e o que auguram quanto à sua evolução, reconhece essas formas, essas manchas, esses halos, interpreta essas auréolas leitosas, decodifica esses pontos pretos, decifra legendas e códigos; compara, verifica, recomeça, investiga até o limite, mas, tudo visto e definido, a conclusão é esta: o cérebro de Simon Limbres está em via de destruição, afoga-se no sangue.

Lesões difusas, inchaço cerebral precoce, impossível controlar a pressão intracraniana, já demasiadamente elevada. Révol desaba na poltrona. Seu olhar pousa na mesa enquanto a mão segura o queixo; ele sobrevoa a desordem, as anotações rabiscadas, as circulares administrativas, a fotocópia de um artigo divulgado pelo Espaço Ético da Assistência Pública dos Hospitais de Paris a respeito de retiradas de órgãos realizadas "com coração parado", o olhar passeia sobre os minúsculos objetos ali colocados, inclusive aquela tartaruga entalhada em jade, presente de uma jovem paciente que sofria de asma severa, de repente se detém nas encostas cor de malva, banhadas por córregos do Monte Aigoual, e sem dúvida Révol pensa, um flash, naquele dia de setembro em que tinha sido iniciado no peiote na sua casa em Valleraugue; Marcel e Sally haviam chegado no final da tarde a bordo de um sedã esmeralda com os aros sujos de lama seca; o veículo tinha freado de modo abrupto no pátio do chalé, e Sally acenara pela janela, oi, somos nós!, o cabelo branco como neve esvoaçante revelando seus brincos de madeira, duo de cerejas laqueadas e escarlates; mais tarde, depois da refeição, quando a noite já caíra sobre o planalto calcário, uma chuva de estrelas reluzentes, eles tinham saído para o jardim e Marcel desembrulhara de uma embalagem de papel pardo pequeninos cactos azinhavre, redondos e sem espinhos, que os três amigos rolaram nas palmas antes de inalar seu odor amargo; aqueles frutos vinham de longe, Marcel e Sally tinham ido buscá-los num deserto mineiro no norte do México, de onde os contrabandearam e transportaram com precaução até Cévennes, e Pierre, que estudava as plantas alucinógenas, impacientava-se para experimentar: a combinação de alcaloides poderosos contidos no peiote, dentre os quais um terço de mescalina, provocava visões surgidas do nada, sem ligação com as lembranças, visões que desempenhavam importante papel no uso ritual desse cacto, em geral consumido pelos índios durante cerimônias xamanísticas; mais ainda, Pierre se interessava pela sinestesia manifestada durante as alucinações: a vivacidade psicossensorial supostamente aumentava na primeira fase da ingestão, e ele esperava ver gostos, ver odores e sons, sensações táteis, e que a tradução dos sentidos em imagens o ajudasse a compreender e até mesmo a descobrir o mistério da dor. Révol pensa novamente naquela noite resplandecente, em que a abóbada celeste se despedaçara sobre as montanhas, liberando espaços insuspeitos nos quais, deitados na grama de barriga para cima, eles haviam tentado mergulhar, e de repente é atravessado pela ideia de um universo em expansão, em perpétuo devir, um espaço no qual a morte celular seria a operadora de metamorfoses, onde a morte moldaria o ser vivo como o silêncio molda o barulho, o escuro, a luz, e a estática, o móvel, uma intuição fugidia que persiste em sua retina mesmo quando seus olhos voltam a focar na tela do computador, nesse retângulo de dezesseis polegadas irradiado de luz no qual se anuncia o fim de toda atividade mental no cérebro de Simon Limbres. Ele não consegue conectar o rosto do jovem com a morte, e sua garganta aperta. Entretanto, há quase trinta anos ele trabalha nesse ambiente. Trinta anos.

Pierre Révol nasceu em 1959. Guerra fria, triunfo da revolução cubana, primeiro voto das suíças no cantão de Vaud, filmagem de *Acossado*, de Godard, publicação de *Almoço nu*, de Burroughs, e do opus mítico de Miles Davis, *Kind of Blue* — o melhor álbum de jazz de todos os tempos, segundo Révol, que adora bancar o esperto, enaltecendo sua safra. Mais alguma coisa? Sim — ele adota um ar descolado a fim de maximizar o efeito, dá para imaginá-lo evitando olhar o interlocutor e ocupando-se de outra coisa qualquer, remexendo no bolso, discando um número de telefone, lendo uma mensagem de texto —, nesse ano redefiniram a morte. E nesse instante ele não demonstra insatisfação com o misto de estupor e temor observado nos rostos ao seu redor. Depois, erguendo a cabeça e abrindo um sorriso tênue, acrescenta: o que não é exatamente insignificante quando você trabalha numa UTI.

Na verdade, Révol com frequência pensa que, em 1959, em vez de ser um plácido neném com o queixo triplo de um político de província, enfiado num macaquinho de abotoamento complicado, em vez de dormir dois terços de sua vida em um berço de vime claro com decoração de xadrez miúdo, teria escolhido estar naquela sala, participando do 23º Congresso Internacional de Neurologia, no dia em que Maurice Goulon e Pierre Mollaret subiram ao palco para apresentar seus trabalhos; teria pago uma fortuna para ver aqueles dois homens diante da comunidade médica, em outras palavras, diante do mundo em si, o neurologista e o infectologista, cerca de quarenta e sessenta anos, ternos escuros e sapatos pretos lustrados, gravatas-borboletas; teria adorado observar o que emanava da relação deles, o respeito mútuo que supera a diferença de idade, instaura essa espécie de hierarquia silenciosa sempre presente nos encontros científicos, meu caro colega, meu caro colega — mas quem se expressou primeiro? A quem coubera o privilégio da conclusão? Sim, quanto mais Révol pensa nisso, mais se convence de que gostaria de estar lá, sentado naquele dia entre os pioneiros da reanimação, homens sobretudo febris e concentrados, ser um deles naquele lugar, o Hospital Claude-Bernard — um hospital precursor; Pierre Mollaret ali criou em 1954 a primeira Unidade de Terapia Intensiva do mundo, formou uma equipe, renovou o pavilhão Pasteur a fim de alojar cerca de setenta leitos, encomendou os famosos Engström 150, aparelhos de ventilação mecânica desenvolvidos para tratar as epidemias de poliomielite, que então se propagavam pelo norte da Europa, e que substituíram os "pulmões de aço" em funcionamento desde os anos 1930; e, quanto mais Révol se concentra, com mais clareza visualiza a cena, essa cena seminal que jamais viveu, mas ouve os dois professores trocarem algumas palavras em voz baixa, arrumarem as folhas no púlpito e pigarrearem diante dos microfones, aguardando, impassíveis, o término do burburinho e que o silêncio se faça para enfim começarem a falar com essa fria clareza própria dos que são conscientes do alcance fundamental do que vieram anunciar mas não sentem a necessidade de acrescentar nada e se limitam a descrever, descrever, descrever, mostrando suas conclusões como quem mostra quatro ases no pôquer. E, mesmo agora, a enormidade desse anúncio o deixa estupefato. Pois o que Goulon e Mollaret disseram podia ser resumido em uma única frase que caiu como uma bomba de fragmentação explodindo em câmera lenta: o que atesta a morte não é mais o momento em que o coração para, e sim quando cessam as funções cerebrais. Em outras palavras: *se eu não penso, logo não existo*. Deposição do coração e sagração do cérebro — um golpe de Estado simbólico, uma revolução.

Então, os dois homens se apresentaram diante do público e descreveram os sinais comprovados do que é chamado hoje em dia de "coma irreversível"; descreveram vários casos de pacientes que, em aparelhos de ventilação, conservavam de maneira mecânica as funções cardíaca e respiratória sem mais apresentar atividade cerebral — pacientes que, sem o aperfeiçoamento dos aparelhos e das técnicas de reanimação capazes de irrigar o cérebro, teriam sofrido morte cardíaca; a partir daí, estabeleceram que o desenvolvimento da reanimação médica tinha modificado todos os dados, que o progresso da disciplina levava a enunciar uma nova definição de morte, e assumiram que esse aspecto científico, de alcance filosófico inusitado, teria também por consequência autorizar e permitir a retirada de órgãos e os transplantes.

A comunicação de Goulon e Mollaret foi seguida pela publicação de um artigo fundamental no qual expunham vinte e três casos de coma irreversível na *Revista neurológica* — e todos recordam os poucos livros na estante do escritório de Révol, entre os quais essa revista de 1959, e todos entenderão que se tratava precisamente desse número, um documento que Révol havia localizado no eBay, comprado sem barganhar, e recebido certa noite de novembro na estação Lozère-École Polytechnique, na linha do RER B; esperara um tempão no frio pelo vendedor, que, então, surgiu sob a forma de uma senhorinha usando turbante topázio, a qual se aproximou a passos largos pela plataforma e, ao chegar perto, embolsou o dinheiro, depois tirou a revista de uma sacola xadrez, e, astuta, tentou ludibriá-lo.

Révol, os olhos de novo fixos na tela do computador, registra devidamente a morte do garoto, fecha as pálpebras, abre-as novamente, e de repente, como se impulsionado, se empertiga; são onze e quarenta quando ele telefona para a recepção da unidade, Cordélia Owl atende, Révol lhe pergunta se a família de Simon Limbres foi avisada, e a jovem responde, sim, a polícia ligou para a mãe, ela já está a caminho.

Marianne Limbres entra no hospital pelo portão principal e segue direto para a recepção; duas mulheres estão sentadas diante das telas de computador, duas mulheres de jaleco verde-claro falando em voz baixa. Uma delas, com uma grossa trança preta no ombro, ergue a cabeça: bom dia! Marianne não responde de imediato, não sabe qual departamento procurar — emergência, UTI, cirurgia traumatológica, neurobiologia —, e lutando para decifrar a lista de unidades listadas numa grande placa presa na parede, como se as letras, as palavras, as linhas se sobrepusessem sem que ela conseguisse colocá-las em ordem, dar-lhes sentido, ela acaba simplesmente dizendo: Simon Limbres. Perdão? A mulher franze as sobrancelhas — grossas e também pretas, unidas no topo do nariz como um tufo peludo; Marianne se recompõe, consegue formar uma frase: estou procurando meu filho, Simon Limbres. Ah! Do outro lado do balcão, a mulher se inclina sobre o computador e a ponta da trança acaricia o teclado como um pincel chinês: qual o sobrenome? Limbres, l, i, m, b, r, e, s, soletra Marianne antes de se voltar para o imenso saguão, altura de catedral e piso de pista de patinação — a acústica, o brilho e os riscos —, pilastras espalhadas, o lugar é silencioso, tem pouca gente, um sujeito de roupão e chinelos caminha apoiado numa bengala inglesa na direção de um telefone na parede, uma mulher é empurrada numa cadeira de rodas por um homem de chapéu de feltro e pluma alaranjada — um Robin Hood neurastênico —, e ao longe, perto da cafeteria, diante de uma fileira de portas na penumbra, três mulheres de branco reunidas, copos de plástico nas mãos; não estou achando, quando foi internado? A mulher mantém os olhos na tela e clica o mouse, esta manhã, Marianne suspirou a resposta, a mulher levanta a cabeça, ah! então talvez esteja na emergência. Baixando as pálpebras, Marianne aquiesce enquanto a mulher se ajeita, atira a trança para as costas e, com a mão, lhe indica os elevadores no fundo do saguão e o percurso a seguir para chegar à unidade de emergência sem precisar sair de novo no frio e contornar os prédios; Marianne agradece e retoma sua trajetória.

Tinha adormecido quando o telefone tocou, imersa num emaranhado de sonhos pálidos que filtravam a luz do dia e a estridência das vozes artificiais de um desenho animado japonês que passava na televisão — mais tarde, buscará em vão sinais no sonho: quanto mais tenta lembrar-se, mais o sonho se dissolve, nada sobrava de tangível, nada que possa dar sentido àquela colisão produzida a trinta quilômetros dali, naquele exato momento, numa estrada lamacenta —, e não foi ela quem atendeu, mas Lou, sete anos, entrando em seu quarto correndo para não perder nem uma imagem do desenho que assistia na sala, e simplesmente encostando o telefone na orelha da mãe antes de sair com a mesma rapidez, tanto que a voz no aparelho se entrelaçava aos sonhos de Marianne, mais alta, insistente, e só ao ouvir as palavras por favor, responda:

a senhora é a mãe de Simon Limbres?, Marianne se aprumou na cama, o cérebro de repente desperto pelo medo.

Ela deve ter gritado alto, em todo caso alto o bastante para que a menina reapareça, lenta e sombria, olhos arregalados, e venha postar-se na entrada do quarto, a cabeça apoiada no umbral da porta, o olhar fixo na mãe, que não a vê mas respira como um cachorro, gestos desvairados e rosto contorcido, digita no celular para chamar Sean, que não atende — atenda, atenda, merda —, sua mãe que enfia as roupas às pressas, botas quentes, casaco comprido, echarpe, depois entra no banheiro para jogar água fria no rosto, mas nenhum creme, nada, e só então, ao levantar a cabeça da pia, ela cruza com o próprio olhar no espelho — as íris congeladas sob as pálpebras inchadas, como se de repente tivesse ficado com olheiras, olhos de Signoret, olhos de Rampling, lápis verde na raiz dos cílios —, assustada por não se reconhecer, como se sua desfiguração já tivesse começado, como se já fosse outra mulher: um pedaço da sua vida, um pedaço bem grande, ainda quente, compacto, desgruda do presente para afundar no passado, onde vai desmoronar e desaparecer. Ela discerne os desabamentos, os tremores de terra, as falhas que seccionam o solo sob seus pés: algo se fecha, algo agora está fora de alcance — um pedaço de falésia se separa da planície e desaba no mar, no continente, uma península lentamente se desprende e parte à deriva rumo ao largo, solitária, a porta de uma caverna das maravilhas de repente obstruída por um rochedo; num piscar de olhos, o passado cresceu, ogro que devora a vida, e o presente não passa de um limiar ultrafino, uma linha além da qual reside o desconhecido. A campainha do telefone quebrou a continuidade do tempo e, diante do espelho no qual se fixa sua imagem, as mãos aferradas à pia, Marianne está petrificada sob o choque.

Pegando a bolsa, ela se voltou e deu com a menina que não tinha se mexido, ah, Lou, a criança se deixara abraçar sem compreender, mas tudo nela interrogava a mãe que se esquivou, calce as meias, pegue um pulôver, venha, e, ao bater a porta no alto da escada, Marianne pensou de repente — uma cutilada gélida — que da próxima vez que enfiar a chave na fechadura saberá o que aconteceu com Simon; um andar abaixo, Marianne tocou a campainha no apartamento, tocou de novo — domingo de manhã, estão dormindo —, depois uma mulher abriu, Marianne murmurou, hospital, acidente, Simon, é grave, e a outra, esbugalhando os olhos, meneou a cabeça, sussurrou com meiguice tomamos conta de Lou, e a menininha de pijama entrou no apartamento, acenou a mão de leve para a mãe pela porta entreaberta, mas de repente mudou de ideia e se precipitou para as escadas chamando: mamãe! Então Marianne subiu os degraus correndo, ajoelhou--se, apertou a menina nos braços e, depois de olhá-la no fundo dos olhos, lhe repetiu a fria litania, Simon, surf, acidente, eu volto, volto logo, a criança não pestanejou, deu um beijo na testa da mãe, entrou na casa dos vizinhos.

Em seguida precisou tirar o carro da garagem, dando marcha a ré no subsolo do estacionamento. No pânico, teve de tentar duas vezes para conseguir sair da vaga, milímetros para manobrar até a rampa inclinada que desembocava na rua. A porta da garagem abriu e ela piscou, ofuscada. A luz do dia era branca, aquele branco leitoso de quando está para nevar, apesar da ausência de neve, um truque sujo. Então, reunindo suas forças e sua lucidez, concentrou-se no caminho a seguir, rumo ao leste pela cidade alta, seguindo artérias tão retilíneas quanto sondas penetrando no espaço na horizontal, dobrou na rue Félix-Faure, depois na rue du 329e, e na rue Salvador-Allende, nomes sucedendo-se no mesmo eixo à medida que ia alcançando a periferia do Havre, nomes ligados ao românico municipal — mansões luxuosas descortinando a cloaca da cidade baixa, vastos jardins arejados à perfeição, colégios particulares e sedãs escuros, o conjunto gradualmente transformando-se em construções decrépitas, casinhas acrescidas de varandas e jardinzinhos, pátios cimentados com água de chuva estagnada, mobiletes e caixas de cerveja, veículos utilitários e carros caindo aos pedaços modificados ocupando calçadas estreitas demais para duas pessoas poderem caminhar; ladeou o forte de Tourlaville, as funerárias em frente ao cemitério, os mármores expostos atrás das vidraças altas, reparou numa padaria iluminada na altura de Graville, uma igreja aberta — e se benzeu.

A cidade estava inerte, mas Marianne sentia sua força ameaçadora — a apreensão do marinheiro diante do mar perfeitamente calmo. Pareceu-lhe até que o espaço ao seu redor se abaulara ligeiramente, de modo a conter a energia fenomenal oculta na matéria, esse poder interno capaz de se transformar em inaudita força de destruição caso viessem a cindir os átomos: o mais estranho, porém, e refletiu a respeito mais tarde, foi não ter cruzado com ninguém naquela manhã, com nenhum outro carro, com nenhum outro ser humano e nem mesmo com um animal — cachorro, gato, rato, inseto —, o mundo estava deserto, a cidade despovoada, como se os habitantes tivessem se refugiado dentro de suas casas buscando proteger-se de uma catástrofe, como se a guerra estivesse perdida e todos se escondessem atrás das janelas para ver as tropas inimigas passarem, como se cada um tentasse afastar-se de uma fatalidade contagiosa — a angústia afasta, todo mundo sabe disso —, as portas de enrolar metálicas estavam fechadas atrás das vitrines, as venezianas abaixadas; só as gaivotas em debandada no estuário saudavam a passagem de Marianne, circulando acima de seu carro, que, visto do céu, era a única entidade animada de toda a paisagem, cápsula móvel parecendo reunir o pouco de vida ainda subsistente na Terra, lançada rente ao chão como uma bola de aço sob o vidro do pinball — irredutível, solitária, sacudida por espasmos. O universo exterior se dilatava lentamente, até tremia, e empalidecia como o ar treme e empalidece sobre a terra dos desertos, sobre o asfalto das estradas escaldadas pelo sol, transformando-se numa paisagem fugaz, longínqua, cada vez mais branca, a ponto de desvanecer, enquanto Marianne dirigia com uma mão só, a outra enxugando as lágrimas que escorriam de seu rosto, os olhos fixos na estrada, sua mente tentando afastar a intuição que se havia solidificado dentro dela desde a ligação telefônica, uma intuição que a envergonhava, a magoava, e depois a rodovia descia na direção de Harfleur, a saída para Havre, os cruzamentos das vias expressas, floresta imóvel, cerrada, onde ela redobrou a vigilância, e, finalmente, o hospital.

Desligou o motor no estacionamento, depois tentou telefonar de novo. Tensa, escutou o som rápido e regular da chamada e visualizou seu percurso: o som acelerava rumo ao sul da cidade, transportado por uma dessas ondas radioelétricas que formam a matéria invisível do ar, atravessava o espaço de uma antena retransmissora a outra, percorrendo uma frequência hertziana sempre diferente da seguinte, alcançando, na zona portuária, um perímetro industrial abandonado perto de Darse de l'océan, serpenteando ao longo das construções em processo de renovação para alcançar enfim aquele hangar gelado aonde Marianne não ia fazia tempo; ela rastreava a chamada que seguia entre as paletas e as vigas de madeira, entre as placas de compensado e os painéis de madeira laminada, misturava-se ao barulho do vento, engolida pelas telhas rachadas, amalgamava-se aos redemoinhos de serragem e de poeira voltejando pelos cantos, imiscuindo-se nos eflúvios de cola poliuretana, de resina e de verniz marinho, transpassava a fibra das camisetas de trabalho amontoadas e as luvas de pele, ricocheteava dentro das latas de conserva transformadas em potes de pincéis, cinzeiros, gavetas de cozinha, jogo de derrubar latas em parques de diversões, lutava contra as contínuas vibrações do serrote circular, contra as vibrações da música no som portátil velho — Rihanna, *Stay* —, contra tudo o que trepidava, palpitava, assobiava, inclusive o homem que trabalhava ali, Sean, naquele instante debruçado sobre uma estrutura com grade de alumínio e suportes regulados para cortar ripas da mesma largura, um homem ágil, encorpado, mãos morenas, de movimentos lentos, deixando suas pegadas no piso empoeirado; munido de máscara e protetores auditivos, ele assobiava, igual a um pintor de paredes assobiando no topo da escada, uma melodia estridente, a mesma melodia, repetidamente; a chamada chegou até o bolso interno de uma parca pendurada ali perto, e engatilhou um toque de celular — o som da chuva na superfície da água —, um toque que ele havia baixado na semana anterior e que agora não escutaria.

 O toque cessou, depois entrou na caixa de mensagens precedida por um jingle horroroso. Ela fechou os olhos, o hangar surgiu, e de repente, sobrepostos em suportes metálicos presos ao longo das paredes, esplêndidos e castanho-avermelhados, destacaram-se os *taonga*, os tesouros de Sean: os esquifes de tábua trincada do vale do Sena, o caiaque de pele de foca construído pelos iúpiques do norte do Alaska e todas as canoas de madeira que ali fabricava — a maior delas apresentava uma popa esculpida de modo primoroso como a dos *waka*, essas canoas polinésias utilizadas nas procissões rituais; a menor era leve e rápida, o exterior em casca de bétula e o interior coberto por lâminas de madeira clara, o berço de Moisés quando foi deixado no Nilo para salvar-lhe a vida, um ninho. É Marianne, me ligue logo.

    Marianne avança pelo saguão. A travessia é comprida, interminável, cada passo sobrecarregado pela urgência e pelo medo; enfim entra no elevador grande demais, desce até o subsolo, patamar amplo, o assoalho pavimentado com lajes grandes e brancas, não cruza com ninguém, mas ouve vozes de mulheres conversando, o corredor faz uma curva e revela um monte de gente indo e vindo, de pé, sentada, deitada em macas estacionadas junto às paredes, uma atividade difusa em que se entremeiam queixas e murmúrios, a voz de um homem impaciente, já estou esperando faz uma hora, os gemidos de uma velha com véu negro, o choro de uma criança no colo da mãe.
    Uma porta é aberta. Lá dentro, ela vê uma mesa de vidro. Atrás dela, há outra moça, sentada diante de uma tela de computador: ela ergue o rosto redondo e muito cordial. É uma enfermeira estagiária. Não aparenta mais de vinte e cinco anos. Marianne articula sou a mãe de Simon Limbres; desconcertada, a moça franze as sobrancelhas, depois, girando no assento, se dirige a alguém atrás dela: Simon Limbres, um rapaz internado hoje de manhã, sabe quem é? O homem se volta, balança a cabeça, não, e ao ver Marianne dirige-se à enfermeira: tem que ligar para a UTI. A moça pega o aparelho, se informa, desliga, aquiesce, então o homem se levanta, movimento que libera uma descarga de adrenalina em algum ponto na barriga de Marianne, que de súbito sente calor, afrouxa a echarpe e abre o casaco, enxuga o suor brotando em sua testa, como é abafado aqui, o homem lhe estende a mão,

é pequeno e frágil, um pescoço de filhote de ave emplumada numa camisa em tom rosa-claro de colarinho largo demais, o jaleco limpo e todo fechado, o crachá com seu nome no lugar certo no peito, Marianne também lhe estende a mão, mas não pode deixar de se perguntar se esse gesto é comum ali ou se, embora banal, manifesta uma intenção, solicitude ou outra coisa qualquer motivada pelo estado de Simon, ela que, entretanto, não quer ouvir nada, saber nada, nada, ainda não, não quer ouvir nenhuma informação que altere de alguma forma a afirmação "seu filho está vivo".

O médico a conduz pelo corredor na direção dos elevadores, Marianne morde o lábio enquanto ele prossegue: ele não está conosco, mas foi de fato admitido direto na UTI, na reanimação — sua voz anasalada destaca os "a" e os "ão", o tom é neutro, Marianne se detém, olhos fixos, voz entrecortada: está na UTI? Está. O médico se move sem ruído, passos curtos nos sapatos de sola de borracha, flutua dentro do jaleco branco, o nariz de cera reluzindo na luz, e Marianne, uma cabeça mais alta que ele, distingue a pele do couro cabeludo sob os cabelos ralos. Ele cruza as mãos nas costas: não posso dizer nada, mas me acompanhe, vão explicar tudo, seu estado sem dúvida exigiu a internação nessa unidade. Marianne fecha os olhos e trinca os dentes, de repente tudo nela se retrai, se ele disser mais uma coisa, ela vai berrar ou jogar-se sobre ele para tapar essa boca estupidamente prolixa com a mão, que ele se cale, eu vos suplico meu Deus, e então, como num passe de mágica, espantado, ele deixa a frase em suspenso e se imobiliza diante dela, a cabeça balançando acima da gola da camisa cor-de-rosa, e levanta a mão, rígida como papelão, com a palma aberta na direção do teto, num gesto vago que de alguma forma expressa a contingência do mundo, a fragilidade da existência humana, depois a deixa cair ao lado do corpo: a UTI foi avisada de sua chegada, estão à sua espera. Estão diante dos elevadores e a conversa chega ao fim: o médico lhe indica o fundo do corredor com um movimento de queixo, e conclui, em tom calmo mas firme, preciso ir, é domingo, a emergência fica sempre lotada aos domingos, as pessoas perdem a noção do que fazem; ele aperta o botão do elevador, as portas metálicas se abrem devagar, e de súbito, quando apertam as mãos outra vez, sorri para Marianne, um sorriso sombrio, até logo senhora, coragem, e retorna na direção dos gritos.

Ele disse coragem, Marianne repete essa palavra enquanto sobe mais um andar — é longo o caminho até Simon, esses malditos hospitais parecem labirintos —, o elevador está coberto de instruções e comunicações sindicais, coragem, ele disse coragem, seus olhos estão grudentos, as mãos úmidas e os poros da pele abertos sob o efeito do calor, uma dilatação cutânea que turva seus traços, foda-se a coragem, foda-se esse calor, não tem ar aqui?

A UTI ocupa toda a ala direita do térreo. O acesso é controlado, placas presas nas portas restringindo a entrada exceto ao pessoal do hospital; Marianne aguarda no patamar, acaba recostando-se na parede e se deixa deslizar, agachada, a cabeça balançando da direita para a esquerda sem desgrudar da parede, esfregando o occipício, o rosto erguido para os tubos de néon no teto, pálpebras fechadas, ela escuta, sempre essas vozes atarefadas que troçam e trocam informações de um lado a outro do corredor, esses pés com solados de borracha, sapatilhas ou tênis comuns, esses tinidos metálicos, essas campainhas de alarme, essas rodas de macas girando, esse contínuo murmurinho do hospital. Verifica o celular: Sean não ligou. Decide mover-se, é preciso ir, aproxima-se da porta de incêndio com batentes duplos revestidos de borracha preta, ergue-se na ponta dos pés para olhar através do vidro. Tudo calmo. Ela empurra a porta e entra.

Ele soube logo que era ela — a expressão atordoada, o olhar perturbado, a forma como ela mordia o interior das bochechas —, de modo que não perguntou se era a mãe de Simon Limbres, mas lhe estendeu a mão meneando a cabeça: Pierre Révol, sou o médico da unidade, admiti seu filho esta manhã, venha comigo. Por instinto, ela caminha com a cabeça baixa voltada para o linóleo, sem lançar olhares para os lados que poderiam encontrar o filho no fundo de um quarto escuro, caminham lado a lado por vinte metros pelo corredor azul-lavanda e chegam a uma porta comum com uma etiqueta em formato de cartão de visita e um nome que ela não consegue decifrar.

Hoje, Révol deixa de lado a Sala da Família, da qual nunca gostou muito, e recebe Marianne em seu escritório. Ela permanece de pé, acaba por sentar-se na beira da cadeira enquanto ele contorna o móvel para deslizar em sua cadeira giratória, peito estufado, cotovelos afastados. Quanto mais Marianne o observa, mais se apagam os rostos que ela encontrou desde a chegada ao hospital — a mulher monocelha da recepção, a jovem enfermeira estagiária da emergência, o médico de gola cor-de-rosa —, como se não passassem de mero elo condutor até esse rosto, imagens superpostas até formar um único rosto: o desse homem sentado à sua frente, prestes a falar.

Aceita um café? Marianne sobressalta-se, aquiesce. Révol se levanta e, dando-lhe as costas, apanha a cafeteira que ela não tinha visto, serve o café em copos de plástico branco, está fumegante, seus gestos são amplos e silenciosos, açúcar? Ele ganha tempo, procura as palavras certas, ela está ciente disso mas não faz nada, embora experimente a tensão paradoxal, pois o tempo pinga como o café na cafeteira quando, entretanto, tudo conduz à urgência da situação, ao seu caráter radical, tangente, e agora Marianne fecha os olhos, bebe, concentrada no líquido quente em sua garganta, tamanho o temor da primeira palavra da primeira frase — o queixo do médico tremendo, os lábios que se abrem e se distendem, os dentes que aparecem, por vezes a ponta da língua —, essa frase saturada de tragédia que ela sabe que está prestes a se formar, tudo nela recua, retesa-se, sua coluna vertebral afunda no encosto da cadeira — bamba —, sua cabeça se reclina, ela gostaria de sair dali, correr para a porta e fugir, ou desaparecer através de um alçapão que de repente se abriria sob os pés da cadeira, *puf!*, um buraco, uma masmorra — gostaria de ser esquecida nesse lugar, gostaria que ninguém pudesse encontrá-la e que ela nunca soubesse outra coisa a não ser que o coração de Simon ainda bate; gostaria de abandonar essa sala apertada demais, essa luz glauca, e fugir antes do anúncio, não, não é corajosa, se contorce e serpenteia como uma jiboia, daria tudo o que tem para que o médico a tranquilizasse e mentisse para ela, que lhe contasse uma história de suspense, é claro, mas com *happy end*. Ela é de uma covardia nojenta, mas aguenta firme: cada segundo transcorrido é uma vitória suada, cada segundo freia a marcha do destino, e observando essas mãos agitadas, essas pernas em nó debaixo

da cadeira, essas pálpebras fechadas, inchadas, escurecidas pela maquiagem da véspera — kajal carvão que ela aplica na pálpebra com a ponta do dedo num único gesto —, notando a transparência turva dessas íris — de um jade embaciado e aquático —, o tremor desses cílios oblíquos, Révol sabe que ela compreendeu, sabe que ela sabe, e é com infinita doçura que ele consente em prolongar a pausa que precederá sua fala, apanha o peso de papel veneziano e o gira na palma da mão; a bola de vidro cintila sob a luz fria de néon, matiza as paredes e o teto com veios, passa pelo rosto de Marianne, que abre os olhos, e para Révol, esse é o sinal de que pode começar.
— O estado de seu filho é grave.

Às primeiras palavras pronunciadas — timbre claro, cadência calma —, os olhos de Marianne, que ainda estão secos, repousam nos de Révol, que a fita, enquanto começa a próxima frase, e ela se recompõe. As palavras do médico são claras sem ser brutais — semântica de uma precisão frontal, *largos* entrelaçados a silêncios, pausas que se casam com o desdobramento do sentido —, palavras pronunciadas suficientemente devagar para que Marianne possa repetir internamente cada uma das sílabas ouvidas e registrá-las; no acidente, seu filho sofreu traumatismo craniano, a ressonância aponta uma grave lesão no lóbulo frontal — ele leva a mão ao crânio, ilustrando sua fala —, e esse choque violento provocou uma hemorragia cerebral, Simon estava em coma quando chegou ao hospital.

O café esfria no copo, Révol bebe devagar; à sua frente, Marianne virou uma estátua de pedra. O telefone toca na sala, uma, duas, três vezes, mas Révol não atende. Marianne o encara, o absorve — carnação de uma brancura sedosa, olheiras arroxeadas sob grandes bolsas de um cinza transparente, pálpebras pesadas, enrugadas como casca de noz, um rosto comprido e móvel. E o silêncio infla até Révol recomeçar: estou preocupado. Sua voz o surpreende, inexplicavelmente alta, como se não conseguisse controlar o tom: nesse momento, estamos fazendo exames cujos primeiros resultados não são bons. Sua voz, apesar de emitir um som desconhecido ao ouvido de Marianne, e de fazer acelerar instantaneamente sua respiração, não é dissimulada, não soa como aquelas vozes repugnantes que pretendem reconfortar enquanto empurram para o matadouro; pelo contrário, ela designa um lugar delimitado para Marianne.

— Trata-se de um coma profundo.

Os segundos seguintes abrem um espaço entre eles, um espaço nu e silencioso, à beira do qual permanecem por um longo instante. Marianne Limbres começa a revirar lentamente a palavra coma na cabeça enquanto Révol aproxima-se da parte sombria de seu trabalho, ainda rolando o peso de papel na palma da mão, sol turvo e solitário, e nada jamais lhe pareceu mais violento, mais complexo, do que se pôr ao lado dessa mulher a fim de, juntos, adentrarem essa frágil zona da linguagem na qual se declara a morte, para que avancem, sincronizados. Ele anuncia: Simon não reage mais aos estímulos dolorosos, as pupilas não são reativas, ele está em um estado vegetativo; sobretudo, surgiram problemas respiratórios, um início de obstrução pulmonar, aliás, as primeiras ressonâncias não são boas. Sua frase é lenta, um ritmo que lhe permite retomar o fôlego: uma forma de inserir seu corpo, para que esteja presente nas suas palavras, para que haja empatia na sentença clínica. Ele fala como se entalhasse suas palavras em pedra, e agora os dois se fitam, estão cara a cara, é isso, nada além disso, uma confrontação absoluta, que acontece sem hesitações, como se falar e olhar fossem duas faces do mesmo gesto, como se significassem enfrentar-se tanto quanto enfrentar o que está acontecendo num dos quartos desse hospital.

Quero ver Simon. Voz descontrolada, expressão desvairada, mãos desgovernadas. Quero ver Simon, foi tudo o que disse, enquanto seu celular vibrava pela enésima vez no fundo do bolso do casaco. A vizinha que cuida de Lou, os pais de Chris, os de Johan, mas ainda nenhum sinal de Sean, onde está? Ela digita uma mensagem: me liga.

Révol levantou a cabeça: agora, quer vê-lo agora? Ele dá uma olhada no relógio — 12:30 —, e calmo responde, por enquanto é impossível, precisa aguardar um pouco, ele está sendo examinado, mas, tão logo termine, poderá ver seu filho, é claro. E colocando diante de si uma folha de papel amarelada, prossegue: se não se importar, precisamos falar um pouco de Simon. Falar de Simon. Marianne se retesa. O que significa "falar de Simon"? Será que eles vão ter de preencher um daqueles formulários de hospital? Detalhar as operações a que foi submetido? — pólipos, apendicite, fora isso nada; fraturas sofridas? — o rádio quebrado em uma queda de bicicleta no verão, aos dez anos, só isso; alergias que complicam a vida cotidiana? — não, nada; infecções contraídas? — aquela lendária *Staphylococcus Aureus* no verão, aos cinco anos, sobre a qual Simon contava para todo mundo porque aquele nome fabuloso soava bastante raro; a mononucleose aos dezesseis, doença do beijo, doença dos apaixonados, e ele abria um sorriso dissimulado quando zombavam dele, na época trajava um estranho pijama, misto de bermuda havaiana e de moletom. Seria enumerar as doenças infantis? Falar de Simon. As imagens se agitam, Marianne se descontrola: a roséola de um bebê no enxoval preparado em ponto tricô, a varicela de uma criança de três anos, as crostas escuras no couro cabeludo, atrás das orelhas, e aquela febre que o deixara desidratado e com o branco do olho amarelo e o cabelo grudento por dez dias a fio. Marianne articula monossílabos enquanto Révol toma algumas notas — data e local de nascimento, peso, altura —, por sinal, ele parece pouco se importar com as doenças infantis depois de registrar no papel a ausência de antecedentes de doenças graves, alergias raras ou malformações que a mãe poderia conhecer e revelar — ao ouvir essas palavras, Marianne se inquieta, um flash de memória, uma estada em Contamines-Montjoie, Simon tem dez anos e uma dor violenta na barriga, o médico da estação de esqui o ausculta, apalpa o lado esquerdo e, supondo ser uma crise de apendicite, diagnostica "anatomia invertida", em outras palavras, o coração à direita e não à esquerda, tudo no lugar errado, afirmação que ninguém questionou, e essa anomalia fantástica transformara Simon em um personagem muito especial até o fim da viagem.

Obrigado, Sra. Limbres. Depois, tendo alisado a folha com a palma da mão, ele a guarda no dossiê de Simon, uma pasta verde-clara. Levanta a cabeça para Marianne, pode ver seu filho tão logo os exames sejam concluídos. Quais exames? A voz de Marianne soando alta no escritório e a vaga ideia de que, se há exames em curso, então nem tudo está perdido. O brilho no olhar dela alerta Révol, que se esforça para manter a situação sob controle e sufocar qualquer esperança: o estado de Simon é evolutivo, e essa evolução não é no bom sentido. Marianne registra o golpe, retorque, ah, e o estado de Simon evolui para quê? Falando assim, ela sabe que abre a guarda, que se expõe ao risco, e Révol respira fundo para responder.

— As lesões de Simon são irreversíveis.

Révol tem a dolorosa sensação de haver desferido um golpe, a impressão de ter explodido uma bomba; em seguida se levanta, chamaremos assim que possível, depois acrescenta, num tom acima: o pai de Simon foi avisado? Marianne o encara, ele vai chegar no início da tarde, mas Sean não telefona, nada ainda, e ela é de súbito invadida pelo pânico, diz a si mesma que ele talvez não esteja no hangar, nem mesmo em casa, talvez tenha partido para entregar um esquife em Villequier, Duclair ou Caudebec-en-Caux, ou talvez esteja em um clube de remo na beira do Sena, talvez ainda neste exato momento esteja testando a embarcação com o comprador, e remem, sentados nos bancos móveis, observando e comentando o desempenho em voz baixa, usando um vocabulário de especialistas, e pouco a pouco Marianne vê o curso do rio se estreitar entre as altas paredes rochosas com densos musgos parecendo presos por ventosas, recobertas por plantas impulsionadas na horizontal, esfagnos, samambaias gigantes e cipós grossos, plantas de um verde ácido entrelaçadas ao longo das muralhas vertiginosas ou inclinadas na direção do rio em cascatas vegetais, depois a luminosidade baixa, o relevo deixando acima do barco apenas um tênue corredor de céu branco leitoso, a água ficando pesada, lisa e lenta, a superfície saturada de insetos — libélulas iriadas de turquesa, mosquitos transparentes —, o rio ganhando a cor do bronze, uma manhã de reflexos prateados, e de repente, aterrorizada, Marianne imagina que Sean tenha voltado para a Nova Zelândia e esteja subindo o rio Whanganui, do estreito de Cook, partindo de outro estuário e de outra cidade, e embrenhando-se no interior, sozinho em sua canoa, na mais absoluta tranquilidade, calmo como ela o conhecera, com seu olhar grave; de gestos regulares, passava pelas aldeias maoris ao longo das margens, atravessando as quedas d'água a pé, carregando a embarcação leve nas costas e avançando sempre rumo ao norte, rumo ao planalto central e ao vulcão Tongariro, onde principiava o rio sagrado, refazendo o caminho da migração para as terras novas, ela consegue vê Sean com nitidez, pode até ouvir sua respiração ecoando no cânion. Ali reina uma calma sufocante — Révol a observa, preocupado com o pânico em seus olhos, mas tendo de concluir, eu encontro a senhora quando ele chegar, Marianne meneia a cabeça, está bem.

Arrastar de cadeiras no chão, rangidos de porta, caminham agora para a extremidade do corredor e, uma vez no patamar, sem acrescentar uma frase ao parco diálogo, Marianne gira nos calcanhares e se afasta devagar sem saber para onde ir, passa diante da sala de espera, as cadeiras arrumadas e a mesinha coberta de revistas velhas nas quais mulheres maduras de dentes saudáveis, cabelos sedosos e períneo tonificado sorriem, e logo ela está de volta para a imensa nave de vidro e cimento, sobre o chão com milhares de pegadas; passa ao lado da cafeteria — sacos de chips em cores berrantes, balas e chicletes arrumados nas prateleiras, pizzas e hambúrgueres impressos em cores primárias nos cartazes alinhados no alto, garrafas d'água e de refrigerantes deitados nas geladeiras envidraçadas —, para de repente, cambaleia, Simon está deitado lá dentro em algum lugar, como ela pode deixá-lo para trás? Ela gostaria de dar meia-volta, mas recupera o ímpeto, precisa sair e encontrar Sean, precisa alcançá-lo a qualquer custo.

Ruma para a porta principal, lentamente ela se abre ao longe, quatro silhuetas passam pela soleira e avançam em sua direção, silhuetas que logo emergem da bruma à qual seus olhos míopes os relegam: são os pais dos dois outros *caballeros*, Christophe e Johan, alinhados, com os mesmos casacos de inverno pesando sobre os ombros, as mesmas echarpes enroladas como colares para a cervical, a fim de sustentar as cabeças caídas, as mesmas luvas. Eles a reconhecem, desaceleram, depois um dos dois homens força o passo para sair da fileira e, diante de Marianne, dá-lhe um abraço, e então os outros três fazem fila para abraçá-la. Como ele está? Foi o pai de Chris quem falou: os quatro a olham, ela permanece estática. Murmura: está em coma, ainda não sabemos. Levanta os ombros, a boca deformada: e vocês? Os garotos? A mãe de Johan toma a palavra: Chris, fratura do quadril esquerdo e do perônio; John, fratura dos dois pulsos e da clavícula, afundamento da caixa torácica, mas nenhum órgão foi perfurado — ela fala de uma forma simples, com uma sobriedade excessiva, destinada a fazer Marianne entender que os quatro têm plena consciência de sua ventura, de sua sorte grande, pois eles só estão um pouco quebrados, estavam de cinto, foram protegidos do choque, e se essa mulher minimiza a tal ponto sua ansiedade, abstendo-se de qualquer comentário, é também para assegurar a Marianne que estão a par do estado de Simon, sabem que é grave, gravíssimo mesmo, um boato que deve ter escapado da UTI para o departamento de cirurgia ortopédica e traumatológica, onde os filhos estão internados, e que ela não terá a indecência de comentar, e, enfim, há essa coisa que a deixa conturbada, essa culpa que a refreia, pois seus filhos tinham a mesma chance de estar com cinto, já que Chris devia dirigir, então Johan poderia muito bem ter-se sentado no meio do banco e agora ela estaria no lugar de Marianne neste segundo, exatamente na mesma situação, diante do mesmo precipício de infelicidade, igualmente desfigurada, e sente uma vertigem só de pensar, as pernas bambeiam e os olhos se reviram nas órbitas, tanto que seu marido, sentindo que ela fraqueja, aproxima-se, dá-lhe o braço para apoiá-la, e Marianne, observando essa mulher prestes a desabar, também percebe o abismo que há entre as duas, entre ela e todos eles, um abismo que agora os separa, obrigada, preciso ir, nos falamos depois.

De repente, dá-se conta de que não quer voltar para casa, ainda não é hora de reencontrar Lou, de ligar para sua mãe, de avisar os avós de Simon, os amigos, não é hora de ouvi-los entrar em pânico e sofrer, alguns gritarão no aparelho, não, meu Deus, merda, droga, não é verdade, alguns explodirão em lágrimas, enquanto outros a atormentarão com perguntas, pronunciarão nomes de exames médicos dos quais nunca ouviu falar, citarão o caso de uma conhecida que saiu do coma quando a julgavam perdida e mencionarão todas as curas espetaculares em sua área e mais, questionarão o hospital, o diagnóstico, o tratamento, e até perguntarão o nome do médico encarregado do caso, ah, sei, não, não conheço, ah com certeza ele é ótimo, e insistirão para que ela anote o telefone do famoso cirurgião, que tem uma lista de espera de dois anos, sugerindo até ligar para ele, se for o caso, pois o conhecem ou têm um amigo que o conhece, e talvez haja alguém um bocado idiota, até mesmo completamente desvairado, para assinalar que é possível, atenção, confundir o coma irreversível com outros estados parecidos, o coma etílico, por exemplo, a overdose de sedativos, a hipoglicemia, ou ainda a hipotermia, e então, lembrando-se da sessão de surf na água fria naquela mesma manhã, ela sentirá vontade de vomitar antes de se recompor para lembrar a quem a atormenta que houve um acidente de extrema violência, e embora resista, repetindo a todos que Simon está em boas mãos, que é preciso aguardar, eles vão querer lhe testemunhar afeição cobrindo-a de palavras, não, esse momento ainda não chegou, o que ela quer é um lugar para aguardar, um lugar para matar o tempo, quer um abrigo, chega ao estacionamento e de súbito sai correndo e se enfia no carro, depois socos no volante, os cabelos voltejando sobre o painel, gestos tão desordenados que ela mal consegue enfiar a chave na ignição, e quando enfim dá a partida, não controla a velocidade, os pneus cantam no estacionamento, depois segue em frente, rumo ao oeste, rumo ao poente, onde nessa cidade o céu é sempre mais claro, enquanto Révol, de volta à sua sala, não se senta, mas faz o que a lei impõe quando se declara uma morte encefálica na UTI: pega o telefone, disca o número do Núcleo de Coordenação de Captação de Órgãos e Tecidos, e é Thomas Rémige quem atende.

Entretanto, ele por pouco perde a ligação, por pouco não ouve, e é só quando recupera o fôlego ao cabo de uma longa frase turbulenta — uma polifonia vocal, um voo de pássaros, Benjamin Britten, *A Ceremony of Carols* opus 28 — que ele percebe o trinado do aparelho distorcendo o som radiante e delicado de um pintassilgo engaiolado.

Naquele domingo de manhã, em um apartamento tipo estúdio na altura do jardim situado na rue du Commandant-Charcot, Thomas Rémige faz as lâminas da veneziana tremerem; está sozinho, nu e cantando. No centro do aposento — sempre no mesmo lugar —, o peso do corpo repartido por igual entre os dois pés, as costas retas, os ombros ligeiramente jogados para trás, a caixa torácica aberta a fim de expandir o peito e o pescoço; uma vez estabilizado, realiza lentos movimentos circulares com a cabeça para relaxar as cervicais, repete as mesmas rotações com cada ombro, depois se esmera em visualizar a coluna de ar subindo da boca do estômago até a garganta, esse conduto interno que propulsiona a respiração e fará suas cordas vocais vibrarem, ele aprimora a postura. Enfim escancara a boca — um forno —, meio estranho nesse instante, ligeiramente ridículo, enche os pulmões de ar, contrai os músculos abdominais, depois exala como se abrisse uma passagem, sustentando a ação o máximo possível, mobilizando o diafragma e os zigomáticos — um surdo seria capaz de escutá-lo apenas colocando as mãos no seu corpo. Observando a cena, poderíamos fazer uma analogia com a saudação ao sol ou o louvor matinal dos monges, o mesmo lirismo da aurora; poderíamos ver o gesto como um ritual corporal visando à manutenção e à conservação do corpo — beber um copo de água fria, escovar os dentes, desenrolar um colchonete na frente da televisão para fazer ginástica —, quando para Thomas Rémige trata-se de outra coisa totalmente diferente: uma exploração de si mesmo — a voz como uma sonda infiltrada em seu corpo e repercutindo para o mundo lá fora tudo o que o anima, a voz como um estetoscópio.

Ele tem vinte anos quando deixa a fazenda da família, uma próspera propriedade normanda que a irmã e o cunhado irão assumir. Adeus ao ônibus escolar e à lama no pátio, ao odor de feno molhado, ao mugir isolado de uma vaca leiteira reclamando a ordenha e à barreira de choupos comprimidos numa escarpa coberta de capim, de agora em diante irá morar num estúdio minúsculo alugado pelos pais no centro de Rouen, aquecimento elétrico e sofá-cama, dirige uma Honda 500 de 1971, começou a faculdade de enfermagem, ama moças, ama rapazes, não se decide, e numa ida a Paris entra certa noite num caraoquê em Belleville; o lugar tem chineses aos montes, cabelos de vinil e bochechas enceradas, frequentadores habituais em busca de aperfeiçoar seu desempenho, sobretudo casais, que se admiram e se filmam, imitando os gestos e as posturas dos programas de TV, e de repente, cedendo à pressão dos que o acompanham, ele escolhe uma música curta e simples — acho que era *Heartache*, de Bonnie Tyler —, quando chega a vez dele, sobe ao palco, pouco a pouco ele se transforma: seu corpo abúlico lentamente se apruma, uma voz sai de sua boca, uma voz que é sua, embora não a conheça, timbre, textura e tessitura inauditas, como se seu corpo alojasse outras versões de si mesmo — um tigre, uma falésia viva, uma prostituta —, e não é que o DJ se enganou, é ele mesmo quem canta e então, apropriando-se de sua voz como sua assinatura corporal, apropriando-se de sua voz como a forma de sua singularidade, decide buscar o autoconhecimento e começa a cantar.

Ao descobrir o canto, descobre seu corpo, funciona assim. Exatamente como o esportista amador no dia depois de um treino intenso — corrida, ciclismo, ginástica —, experimenta tensões até então desconhecidas, nós e correntes, pontos e zonas, como se despertassem potencialidades inexploradas dentro de si mesmo. Decide identificar tudo o que o compõe, conhecer a anatomia precisa, a forma dos órgãos, a variedade dos músculos, seus insuspeitados recursos; explora seu sistema respiratório e, como a ação de cantar o agrega e o sustenta, erige-o em corpo humano e talvez mais ainda, em corpo cantante. Foi um segundo nascimento.

O tempo e o dinheiro consagrados ao canto aumentam ao longo dos anos, terminam por afetar parte considerável de seu cotidiano e de um salário inflado por plantões extras no hospital: ele exercita a voz toda manhã, estuda toda noite, duas vezes por semana tem aula com uma cantora lírica com um corpo em formato de ampola — pescoço de girafa e braços de junco, busto pujante e barriga reta, quadris proporcionais, volumosos, o todo coberto por uma cabeleira ondulada até os joelhos, oscilando em torno das saias de flanela —, à noite procura online tal recital, tal ópera, tal nova gravação, baixa tudo, pirateia, copia, arquiva, no verão atravessa a França para ir a um festival de arte lírica, dorme em barracas ou divide bangalôs com outros amadores como ele, encontra Ousmane, músico gnawi e barítono ondulante, e de súbito, no verão passado, viaja à Argélia e adquire um pintassilgo do vale de Collo, torrando toda a herança da avó, três mil euros em dinheiro enrolados num lenço de cambraia.

Seus primeiros anos como enfermeiro na UTI o revigoram: ele adentra um mundo desconhecido, um espaço subterrâneo, um universo paralelo que fica à margem do mundo ordinário, a fronteira entre essas duas dimensões perturbada pelas contínuas sobreposições, esse mundo imbuído de mil sons no qual ele jamais dorme. No começo, ele perambula pela unidade como quem levanta a própria cartografia interna, consciente de que ali se une à outra metade do tempo, a noite cerebral, o coração do reator — sua voz fica mais clara, ganha em nuances, nesse momento estuda seu primeiro *lied*, um acalanto de Brahms, uma canção de forma simples, e provavelmente a canta pela primeira vez à cabeceira de um paciente agitado, a melodia funciona como um analgésico. Horários flexíveis, carga de trabalho pesada, penúria absoluta: a unidade delimita um espaço fechado obedecendo às próprias regras, e Thomas tem a sensação de pouco a pouco desligar-se do mundo exterior, de viver em um lugar no qual a separação noite/dia não mais o afeta. Às vezes tem a sensação de perder o controle. Para se distrair, frequenta um estágio após o outro, voltando para casa exausto mas enriquecido de um olhar cada mais profundo e de uma voz ainda mais rica, trabalhando sem jamais poupar energia, o que começa a ser comentado nas reuniões da unidade, tornando-se um perito em cada estágio da sedação, inclusive a fase do despertar, manipulando habilmente os aparelhos de monitoração e de suprimento, mostrando interesse pela administração da dor. Sete anos nesse ritmo, antes de decidir que queria mudar de função permanecendo no mesmo setor. Ele se torna um dos trezentos enfermeiros coordenadores das retiradas de órgãos e de tecidos do país, entra para o hospital do Havre, tem vinte e nove anos, está no auge de sua forma. Quando lhe perguntam sobre essa nova direção, que, sem dúvida, terá exigido uma formação complementar, Thomas fala sobre relações com os próximos, psicologia, direito, dimensão coletiva do procedimento, tudo amplamente presente na sua profissão de enfermeiro, claro, claro, mas tem mais, algo mais complexo, e caso confie na pessoa e decida estender-se, falará dessa singular incerteza no limiar da vida, do seu questionamento sobre o corpo humano e seu uso, de uma abordagem da morte e de suas representações — pois é disso que se trata. Ignora os que ao redor dele o provocam — e se a máquina de eletro tiver desligado, uma pane, um defeito, um problema elétrico, hein, e o cara não estiver *dead* de verdade, acontece não? Caramba, Tom, você brinca com a morte, você é macabro, você é dark. Mastiga o enésimo palito de fósforo sorrindo, e paga uma rodada na noite em que obtém com menção honrosa o mestrado em filosofia na Sorbonne — grande perito na troca de plantões com os colegas da equipe, conseguiu ser substituído para as cinco meias jornadas de seminário ministrado na rue Saint-Jacques, rua que adorava descer até o Sena, escutando o burburinho da cidade e às vezes cantarolando.

Impossível planejar hoje o que quer que seja, Thomas Rémige está de sobreaviso, a UTI pode convocá-lo a qualquer momento durante essas vinte e quatro horas, é a regra. Como sempre, deve encontrar uma forma de lidar com essas horas ao mesmo tempo livres mas indisponíveis — esse tempo paradoxal que talvez seja o outro nome para tédio —, tentando organizá-lo, uma tentativa que com frequência não dá certo, ele não consegue nem repousar nem aproveitar esse tempo livre, mantido em suspenso, paralisado pelas procrastinações. Ele se prepara para sair, então decide ficar em casa; começa a fazer um bolo, assistir a um filme, arquivar gravações (os cantos do pintassilgo), afinal desiste, larga tudo de lado e procrastina, mais tarde cuido disso, porém mais tarde jamais existe, mais tarde é um fluxo de tempo que embaralha horários aleatórios. Então, ao ver o número do hospital no visor do telefone, Thomas sente ao mesmo tempo uma pontada de decepção e de alívio.

O núcleo hospitalar que coordena funciona como uma célula independente do hospital, embora situada entre suas paredes, mas Révol e Rémige se conhecem, e o jovem sabe exatamente o que Révol está prestes a anunciar, poderia mesmo articular em seu lugar essa frase que padroniza o drama em nome da maior eficiência: um paciente da unidade está em estado de morte cerebral. Constatação que soa como uma sentença conclusiva, embora, para Thomas, tenha outro sentido, designando, ao contrário, o início de um movimento, o desencadear de um processo.

— Um paciente da unidade está em estado de morte cerebral.
A voz de Révol recita a fórmula esperada. Entendo, parece responder Rémige, que não abre a boca mas meneia a cabeça, revisando instantaneamente a operação hipercalibrada que se prepara a pôr em funcionamento dentro de uma estrutura jurídica ao mesmo tempo concisa e estrita, movimento de alta

precisão que deve obedecer a uma temporalidade precisa, e por isso examina o relógio — gesto que repetirá com frequência nas horas seguintes, gesto que todos fazem repetidas vezes sem parar até o final.

Um diálogo se instaura, rápido, alternância de frases enunciadas a respeito do corpo de Simon Limbres; Rémige sonda Révol quanto a três pontos: o contexto do diagnóstico de morte cerebral — em que ponto estamos? —, a avaliação médica do paciente — causa do falecimento, antecedentes, possibilidade de transplante — e, por fim, a conversa com os pais — conseguiu falar com a família do garoto sobre a brutalidade do evento? Ela está presente? A essa última pergunta, Révol responde com uma negativa, depois detalha, acabo de falar com a mãe. Ok, estou me arrumando, Rémige estremece, sente frio — está nu, é preciso lembrar.

Alguns instantes mais tarde, de capacete, luvas, botas, o casaco fechado até o queixo e seu lenço árabe índigo enrolado no pescoço, Thomas Rémige monta na moto, parte em direção ao hospital; antes de colocar o capacete, escuta os ecos de seus passos na rua silenciosa, atento a essa sensação de estar dentro de um cânion, de som abafado. Um único movimento do pulso basta para ligar o motor, em seguida ele também avança rumo ao leste seguindo a via retilínea que fende a cidade baixa — uma via paralela àquela que Marianne pegou pouco antes dele —, engolindo as rue René-Coty, rue du Maréchal-Joffre, rue Aristide-Briand — nomes de barbicha e bigode, nomes de pança e relógios de bolso, nomes de chapéu de feltro —, rue de Verdun e assim por diante até os cruzamentos das vias expressas, até os limites da cidade. Seu capacete fechado o impede de cantar, entretanto, certos dias, tomado por uma espécie de impetuosidade resultante do medo ou da euforia, com a viseira levantada nesses corredores urbanos, ele deixa o espaço vibrar nas suas cordas vocais.

Mais tarde, no hospital. Thomas conhece de cor esse saguão de dimensões oceânicas, esse vazio que deve cortar na diagonal até alcançar, no final do percurso, a escada que leva ao seu escritório no primeiro andar, o Núcleo de Coordenação de Captação de Órgãos e Tecidos. Porém, nessa manhã, ele entra como um estranho, tão vigilante quanto se não pertencesse à organização, entra como entra nos outros hospitais da área — estabelecimentos não autorizados a realizar as captações. Acelera ao passar pela recepção, onde aguardam, silenciosos, dois homens de olhos vermelhos, usando jeans e pesadas jaquetas acolchoadas pretas, cumprimenta a mulher monocelha com um gesto de mão, e esta, ao vê-lo surgir de repente quando sabe que ele está de sobreaviso, pressente que um paciente da UTI acaba de se tornar um doador em potencial, e então limita-se a responder ao cumprimento com um olhar — a chegada do enfermeiro coordenador no estabelecimento é sempre um momento delicado: os parentes do paciente, ignorando o que está acontecendo, poderiam ouvi-lo informar a terceiros os motivos de sua presença, e fazer a conexão com o estado do filho, do irmão, do ser amado, e receber a notícia de supetão não auguraria nada de bom às futuras discussões.

Em seu covil, Révol, de pé atrás da escrivaninha, estende a Thomas o dossiê médico de Simon Limbres com um erguer de sobrancelhas — os olhos aumentam, a testa franze —, e dirige-se a ele como se desse prosseguimento ao diálogo telefônico: um garoto de dezenove anos, não reage ao exame neurológico, não responde à dor, nenhum reflexo dos nervos cranianos, pupilas fixas, estado hemodinâmico estável, já falei com a mãe, o pai chega daqui a duas horas. O enfermeiro dá uma olhada no relógio, duas horas? O resto do café no fundo da cafeteira é servido *ploque-ploque* em um copo que enruga. Révol prossegue: acabo de pedir o primeiro EEG, está sendo feito agora, as palavras soam como um tiro de pistola no início de uma corrida, pois, ao ordenar esse exame, Révol anuncia que deu início ao procedimento legal destinado a constatar a morte do rapaz — dispõe para tanto de dois tipos de protocolos, a angiografia radiológica, na qual, no caso de morte cerebral, a imagem confirmará a ausência de penetração do líquido na caixa craniana, e a realização de dois eletroencefalogramas de trinta minutos, feitos com quatro horas de intervalo, apresentando esse traçado plano que designa o desaparecimento de qualquer atividade cerebral. Thomas capta esse sinal e declara: vamos poder proceder a uma avaliação completa dos órgãos. Révol meneia a cabeça, *I know*.

No corredor, se separam. Révol sobe para a sala de recuperação a fim de examinar os pacientes admitidos pela manhã, enquanto Rémige volta ao seu escritório, onde, sem demora, abre a pasta verde. Nela mergulha, lendo com atenção as páginas dos documentos — as informações fornecidas por Marianne, o relatório do SAMU, as análises e a radiografia desse dia, memoriza os números e compara os dados. Pouco a pouco, forma uma ideia precisa do estado do corpo de Simon. Uma espécie de apreensão o invade: embora conheça os estágios e os sinais do procedimento a ser adotado, também sabe a que ponto ele difere de um pequeno mecanismo bem azeitado, engrenagem de frases feitas e de riscos em diagonal num *checklist*. É a *terra incognita*.

Em seguida, pigarreia e liga para o Sistema Nacional de Transplantes em Saint-Denis.

A rua também está silenciosa, silenciosa e monocromática, como o resto do mundo. A catástrofe se propagou por todas as coisas — lugares, objetos — como um flagelo, como se tudo entrasse em conformidade com o ocorrido naquela manhã, atrás das falésias, a caminhonete pintada com cores vistosas bateu em alta velocidade contra o poste e aquele rapaz foi projetado de cabeça no para-brisa, como se a paisagem houvesse absorvido o impacto do acidente e engolido seu eco, abafando as últimas vibrações, como se a onda de choque tivesse diminuído de amplitude, encolhido e enfraquecido até se tornar uma linha reta, essa simples linha que se precipita no espaço misturando-se a todas as outras, aos bilhões e bilhões de linhas que formam a violência do mundo, esse novelo de tristeza e de ruína, e por mais que o olhar se distancie, nada, nem uma pincelada de luz, nem brilho de cor viva, amarelo-ouro, vermelho-carmim, nem canção escapulindo por uma janela aberta — nenhum som martelado de rock ou melodia da qual repetimos o refrão rindo, felizes e vagamente envergonhados por sabermos de cor palavras tão sentimentais —, nem cheiro de café, perfume de flores ou de especiarias, nada, nem uma criança de bochechas vermelhas correndo atrás de uma bola ou agachada com o queixo nos joelhos e seguindo com os olhos uma bola de gude rolando pela calçada, nenhum grito, nenhuma voz chamando ou murmurando palavras amorosas, nenhum choro de recém-nascido, nem mesmo um único ser vivo preso na continuidade dos dias, ocupado com os atos simples e insignificantes de uma manhã de inverno: nada vem perturbar o desespero de Marianne enquanto ela avança como um autômato, o passo mecânico e a postura de derrota. *Nesse dia funesto*. Ela repete essas palavras em voz baixa, não sabe de onde saem, dizendo-as com os olhos fixos na ponta das botas, como se acompanhassem seus passos abafados, um som regular que a dispensa de pensar que, por enquanto, só lhe resta uma coisa a fazer: dar um passo após o outro e mais outro e depois sentar-se e beber. Dirige-se lentamente para aquela cafeteria que sabe ficar aberta aos domingos, um abrigo ao qual ela chega à beira da exaustão. Nesse dia funesto, eu te peço, ó meu Deus! Ela sussurra essas palavras de modo repetitivo, sem parar, separando as sílabas como as contas de um rosário, há quanto tempo não reza em voz alta? Gostaria de nunca mais ter de parar de andar.

Ela empurra a porta. Está escuro lá dentro, sinal dos excessos noturnos, cheiro de cinzas frias. Uma música de Alain Bashung.[1] *Voleur d'amphores au fond des criques.*[2] Aproxima-se do bar, inclina-se sobre o balcão, tem sede, não está disposta a esperar, tem alguém aí? Um cara enorme sai da cozinha, vestindo um pulôver apertado de algodão e jeans largos, cabelos

---

[1] Alain Bashung: cantor, compositor e ator francês que alcançou grande sucesso na década de 1980. (N. da T.)

[2] Trecho da música *La nuit je mens* (À noite eu minto). "Ladrão de ânforas no fundo dos riachos." (N. da T.)

de quem acabou de sair da cama, tem, tem, tem alguém, sim, e diante dela pergunta solene, então, senhorita, vai beber o quê? Um gim. A voz de Marianne soa quase inaudível, um arquejo. O homem alisa os cabelos para trás com as mãos cheias de anéis, em seguida lava um copo examinando essa mulher, que sabe já ter visto ali. Tudo bem, senhorita? Marianne desvia o olhar, vou me sentar. O grande espelho pendurado no fundo do recinto reflete um rosto que ela não reconhece, então desvia o olhar.

Não feche os olhos, escute a música, conte as garrafas em cima do balcão, observe o formato dos copos, leia os cartazes, *Où subsiste encore ton écho*.[3] Crie ilusões, desvie a violência. Ela barra as imagens de Simon formando-se a toda velocidade e avançando sobre ela em ondas sucessivas, tenta afastá-las, lutar contra elas, apesar de já estar organizando-as em sua mente, dezenove anos de lembrança, uma vasta massa. Manter tudo isso a distância. As lembranças sobrevindas enquanto falava de Simon no cubículo de Révol alojaram em seu peito uma dor que se sente impotente para controlar, para reduzir; para tanto, seria preciso situar a memória no cérebro e ali injetar um fluido paralisante, a agulha da seringa guiada por um computador de alta precisão, mas, ainda assim, ela só paralisaria o motor da ação, a capacidade da lembrança, pois a memória, ao contrário, abrange o corpo todo, coisa que Marianne ignora. *J'ai fait la saison dans cette boîte cranniene.*[4]

Precisa refletir, reagrupar e ordenar as ideias, precisa conseguir dirigir uma frase clara a Sean, quando ele aparecer. Tem de se expressar de maneira inteligível. Primeiro: Simon

---

[3] Onde ainda subsiste seu eco. (N. da T.)

[4] Eu revivi a época nessa caixa craniana. (N. da T.)

sofreu um acidente. Segundo: está em coma — golada de gim. *Dresseur de loulous, dynamiteur d'aqueducs.*[5] Terceiro: a situação é irreversível — engole pensando nessa palavra que será preciso articular, irreversível, cinco sílabas que cristalizam o estado das coisas e que ela jamais pronuncia por apoiar o movimento contínuo da vida, o possível retorno de qualquer situação, nada é irreversível, nada, costuma afirmar continuamente —, pronunciando essas palavras num tom descontraído, sacudindo as palavras gentilmente, da mesma forma que ela sacudiria os ombros de alguém que está para baixo, nada é irreversível, só a morte, ou a deficiência, e talvez então ela rodopie, talvez se ponha a dançar. Mas Simon não, ele não, Simon é irreversível.

O rosto de Sean — as duas fendas sob as pálpebras indígenas — ilumina o visor da tela do celular. Marianne, você me ligou? De imediato, ela se derrama em lágrimas — química da dor —, incapaz de articular uma palavra enquanto ele repete: Marianne? Marianne? Provavelmente ele deve ter pensado que o eco do mar comprimido no estreito da doca estivesse interferindo no sinal, provavelmente ele deve ter confundido o barulho das ondas com a baba, o muco, as lágrimas, enquanto ela mordia o dorso da mão, paralisada pelo horror repentino que lhe inspira essa voz tão amada, familiar como só uma voz sabe ser, mas de repente estranha, abominavelmente estranha, pois vem de um espaço-tempo no qual o acidente de Simon nunca ocorreu, de um mundo intacto a anos-luz desse bar vazio; e agora essa voz destoava, desorquestrava o mundo, estraçalhava seu cérebro: era a voz da vida anterior. Marianne ouve esse homem que a chama e ela chora, tomada pela emoção que às vezes sentimos diante de algo que sobreviveu imune

---

[5] Domador de gatinhas, dinamitador de aquedutos. (N. da T.)

ao tempo e desencadeia a dor da impossibilidade de voltar ao passado — um dia precisaria aprender em qual direção transcorre o tempo, se é linear ou se traça os círculos rápidos de um bambolê, se forma caracóis ou se enrosca-se como a nervura de uma concha, se pode assumir o formato desse tubo que dobra a onda, aspira o mar e o universo inteiro em seu reverso escuro, sim, precisaria compreender do que é feito o tempo que passa. Marianne aperta o telefone na mão: medo de falar, medo de destruir a voz de Sean, medo de que nunca mais lhe seja permitida a experiência daquele tempo desaparecido no qual Simon não se encontrava em estado irreversível, quando, entretanto, sabe que deve pôr fim ao anacronismo dessa voz para trazê-la de volta ali, no drama presente, ciente de que deve fazê-lo, e quando consegue enfim expressar-se não é nem concreta, nem precisa, mas incoerente, tanto que, perdendo a calma, pois tomado também pelo temor — algo aconteceu, algo grave —, exasperado, Sean começa a perguntar, foi Simon? O que aconteceu com Simon? Ele não foi surfar? Um acidente onde? Em sua mente, o rosto de Sean se recorta na textura sonora, tão preciso quanto na imagem de fundo de tela. Imaginando que ele poderia deduzir ter sido um afogamento, corrige, os monossílabos transformam-se em frases que pouco a pouco se organizam e fazem sentido, logo ela despeja tudo o que sabe em ordem, fechando os olhos e apertando o aparelho no esterno ao som do grito de Sean. Depois, recobrando o controle, explica sem mais demora que sim, o prognóstico vital de Simon está comprometido, sim, ele está em coma, sim, mas está vivo, e Sean, por sua vez desfigurado, desfigurado como ela, responde, estou indo, chego em dois minutos, onde você está? Então sua voz falhou e uniu-se a Marianne, transpassou a frágil membrana que separa os felizes dos malditos: espere por mim.

Marianne encontrou forças para lhe indicar o nome do bar, enésimo barzinho de cidade portuária do qual ela lhe precisa a localização; chovia a cântaros no dia em que entrara ali pela primeira vez, em outubro, faz quatro meses, trabalhava num artigo, uma encomenda da Agência de Patrimônio, tinha revisitado a igreja Saint-Joseph, o Vulcão de Oscar Niemeyer, o apartamento modelo de um prédio de Perret, todo esse concreto do qual amava o movimento e a radicalidade plástica, mas seu notebook havia começado a ficar molhado e, ao entrar no bar, ensopada, entornara um uísque puro; Sean tinha deixado o apartamento sem levar nada e passara a dormir no hangar.

Ela discerne sua silhueta no espelho do fundo, depois seu rosto, o rosto que ele vai rever depois de todo esse tempo, depois desse silêncio acumulado; ela havia imaginado demoradamente esse instante, prometendo estar muito linda quando chegasse, linda como ainda podia ser, e ele ficaria estupefato, senão emocionado, porém as lágrimas secas repuxaram sua pele, seca como se estivesse recoberta de uma máscara de argila, e suas pálpebras inchadas mal deixam perceber aquele verde tão claro que ele adora sondar.

Ela esvazia de um trago o copo de gim, e ei-lo ali, parado diante dela, rosto emaciado e devastado, minúsculas partículas de madeira polvilhando sua cabeleira, incrustadas nas pregas de suas roupas, nas malhas de seu pulôver. Ela se levanta num movimento brusco, a cadeira desaba — baque no chão —, mas ela não se vira, mantém-se parada diante dele, uma das mãos espalmada na mesa assegurando apoio ao corpo cambaleante, a outra pendendo ao longo do corpo, fitam-se por uma fração de segundo, depois um passo e o abraço, o abraço de uma força alucinada, como que esmagados um contra o outro, testas comprimidas a ponto de partir os crânios, ombros contundidos sob a massa dos tórax, braços doloridos à força de apertar, as echarpes e casacos amalgamando-se, o tipo de abraço dado para se proteger de um ciclone, para se preparar antes de saltar no vazio, em todo caso uma coisa do fim do mundo, enquanto, ao mesmo tempo, no mesmo exato tempo, é também um gesto que os reconecta — os lábios se tocam —, enfatizando e abolindo a distância entre eles, e quando se soltam, quando enfim se desprendem, aturdidos, extenuados, são como náufragos.

Uma vez sentados, Sean cheira o copo de Marianne. Gim? O sorriso de Marianne vira careta sofrida, entrega-lhe o cardápio e começa a ler tudo o que ele poderia pedir para almoçar nesse domingo, por exemplo, croque-monsieur, croque-madame, salada do Périgord, hadoque com batatas, omelete simples, sanduíche à provençal, linguiças fritas, pudim de caramelo, pudim de baunilha, torta de maçã, e se pudesse, leria o cardápio inteiro e recomeçaria tudo outra vez a fim de retardar o momento de vestir sua plumagem de pássaro agourento, uma plumagem de trevas e de lágrimas. Ele não a interrompe, observa-a sem dizer nada, até que, cedendo à impaciência, pega seu pulso fino, a mão como algema, e comprime sua artéria, por favor, pare. Ele também pede um gim.

Então, Marianne se armou de coragem — sim, é exatamente essa a expressão, armou-se, uma espécie de agressividade nua não cessa de crescer desde o abraço e com ela se cobre, como quem se protege brandindo à sua frente a lâmina do punhal — e, ereta no banco, anunciou com os olhos fixos as três declarações que havia preparado. Quando Sean ouve a última — "irreversível" —, balança a cabeça e o rosto se agita, convulsionado, não, não, não, depois se levanta, pesado, empurra a mesa — o gim transborda do copo —, dirige-se à porta, os braços ao longo do corpo e os punhos cerrados como se transportasse um peso, o andar de um homem prestes a quebrar a cara de alguém, já à procura desse alguém, e, na soleira da porta, dá uma brusca meia-volta, retorna à mesa que ocupavam, avançando através do raio de luz traçado no chão, e sua silhueta em contraluz apresenta um halo constituído por uma película acinzentada: a serragem a recobri-lo vaporiza-se no espaço toda vez que seu pé bate no chão. Seu corpo fumega. Então ele inclina o torso à frente e investe como se fosse atacar. Ao chegar à mesa, por sua vez, pega o copo de gim, que também esvazia de um trago, depois se lança para Marianne, já amarrando a echarpe, venha.

No quarto banhado pela meia-luz, o piso reflete o céu congelado por entre as venezianas; de fato, é preciso adaptar a visão para distinguir as máquinas, os móveis e o corpo que ali habitam. Simon Limbres está ali, deitado de costas no leito, um lençol branco duplo levantado até a altura do peito. Ligado a um aparelho de assistência respiratória. O lençol se ergue devagar a cada inspiração, um movimento fraco mas perceptível que faz parecer como se ele estivesse dormindo. O barulho da unidade chega àquele quarto abafado, e as vibrações constantes dos aparelhos elétricos só ressaltam o silêncio. Poderia ser o quarto de um doente, sim, seria possível acreditar nisso caso não houvesse a suave penumbra, essa sensação de recolhimento, como se o quarto estivesse situado fora do hospital, numa cela despressurizada onde nada mais está em jogo.

Eles nada disseram no carro, nada, ainda não havia nada a dizer. Sean tinha deixado o carro estacionado na frente do bar — uma perua em péssimo estado, onde enfurnava os esquifes fabricados por ele e as pranchas que Simon encontrava ou pegava emprestadas ali e acolá, *shortboards* ou *fishes*; entrou no de Marianne, ela engatou a primeira e dirigiu, os antebraços bem paralelos e esticados como fósforos, enquanto Sean mantinha o rosto virado para o vidro, emitindo vez ou outra um comentário sobre o trânsito que fluía — o fluxo era seu aliado, levando-os às pressas à cabeceira do filho, mas o fluxo, desde os primeiros toques de telefone, também os precipitava rumo à desgraça sem que houvesse evasão possível: nada iria entravar ou retardar seu caminho rumo ao hospital. Evidentemente, a ideia de uma reviravolta teatral os atravessou no mesmo instante — uma inversão nas imagens do exames, uma troca de chapas, um erro de interpretação, um erro de digitação nos resultados, um bug nos computadores, claro, isso podia acontecer, assim como às vezes acontecia de dois bebês serem trocados na maternidade, ou de conduzirem o paciente errado à sala de cirurgia, os hospitais não são infalíveis — embora não pudessem acreditar nisso, e sobretudo incapazes de se abrir um com o outro, enquanto os prédios de superfícies lisas, envidraçadas, agigantavam-se diante de seus olhos a ponto de invadir o para-brisa, e agora eles tateiam nesse recinto.

Marianne aproxima-se o máximo possível de Simon, desse corpo que nunca lhe pareceu tão comprido, e que não vê de tão perto faz muito tempo — pudor de Simon trancado no banheiro, exigindo, fora de si, que passassem a bater à porta do quarto antes de entrar, e que caminhava pelo apartamento enrolado em toalhas de banho como um jovem monge budista. Marianne se debruça sobre a boca do filho para detectar sua respiração, põe a bochecha na altura de seu peito para escutar seu coração. Ele respira, ela o sente; seu coração bate, ela o escuta. Será que ela pensa então nos primeiros batimentos cardíacos detectados no centro de ecografia do Odéon certa tarde de outono, no som bem marcado de uma cavalgada enquanto as manchas luminescentes na tela delineavam seu pequeno corpo? Ela se levanta. O crânio de Simon está enfaixado, o rosto intacto. Mas ainda é seu rosto que ela vê ali? A pergunta a invade enquanto examina a testa do filho, as têmporas, o traçado das sobrancelhas, o formato dos olhos sob as pálpebras — o pequeno espaço de pele liso e côncavo no canto interno do olho —, enquanto reconhece o nariz forte, os lábios delineados, carnudos, o encovado das faces, o queixo coberto escurecido pela barba fina, sim, tudo isso está presente, mas a fisionomia de Simon, tudo o que nele vive e pensa, tudo o que o anima, isso vai voltar? Ela cambaleia, pernas bambas, agarra-se ao leito com rodinhas, o soro se move, o espaço gira ao seu redor. A silhueta de Sean está borrada como atrás de uma vidraça respingada de chuva. Ele avançou do outro lado do leito, postou-se à mesma altura de Marianne, e agora toma a mão do filho enquanto, do vazio gélido de sua barriga até a ponta de seus lábios entreabertos, luta para pronunciar seu nome: Simon. Estamos aqui, estamos com você, está me escutando, Simon, *my boy?*, estamos aqui. Ele encosta a testa na do jovem estendido, cuja pele ainda está quente, e reconhece seu cheiro, cheiro de lã e de algodão, cheiro de mar, e sem dúvida ele começa a sussurrar palavras só para os dois, palavras que ninguém pode ouvir e que jamais saberemos, balbucios arcaicos das ilhas da Polinésia, ou palavras *mana* que terão atravessado sem alteração todas as camadas da linguagem, calhaus avermelhados de um fogo intacto, essa matéria densa e lenta, inesgotável, essa sabedoria; isso dura dois, três minutos, depois ele se ergue, os olhos se cruzam com os de Marianne e suas mãos roçam acima do peito do filho, um gesto que faz escorregar o lençol sobre o torso do menino, revelando a tatuagem maori que eles nunca tocaram, grafismo vegetal iniciado no ombro, depois propagado pelo côncavo da clavícula e em seguida sobre a omoplata — Simon tinha feito a tatuagem no verão de seus quinze anos, durante uma colônia de férias de surf no País Basco, sua maneira de afirmar que dispunha do próprio corpo, e se Sean, calmo, ele mesmo tatuado sobre toda a superfície das costas, tinha perguntado sobre o sentido, a escolha e o lugar de tal desenho, tentando descobrir se aquilo era uma expressão de sua ascendência mestiça, Marianne tinha recebido mal o golpe, Simon era tão jovem, dissera, nervosa, tem noção de que essa tatuagem aí é para toda a vida? E a palavra retorna como um bumerangue: irreversível.

Révol acaba de entrar no recinto. Sean se volta e o interpela: estou escutando o coração bater — parece que o zumbido das máquinas se amplifica nesse instante —, depois de novo, insistente: o coração está batendo, não está? Sim, diz Révol, o coração bate graças às máquinas. Mais tarde, quando estão prestes a sair do quarto, Sean o interroga de novo: por que ele não foi operado assim que chegou? O médico detecta a tensão, a agressividade, o desespero transformado em cólera; e também detecta nuances de álcool em sua respiração, o pai bebeu, e explica com precaução: não foi possível operá-lo, senhor, a hemorragia era forte demais, estava em estágio avançado demais, o exame pedido com urgência na admissão de Simon mostrou isso com clareza, era tarde demais. Será essa certeza apesar da tragédia, essa calma imperturbável beirando a arrogância, mesmo quando os tremores se intensificam, que leva Sean, de súbito, a aumentar o tom de voz, a explodir? Vocês não tentaram nada! Révol contorce o rosto, mas não reage, gostaria de responder, mas sente que só lhe resta calar-se, de qualquer modo batem à porta e, sem esperar resposta, Cordélia adentra o recinto.

A jovem jogou um pouco d'água no rosto, tomou um café, é bela como algumas moças após uma noite insone.

Cumprimenta Marianne e Sean com um sorriso furtivo, depois, concentrada, aproxima-se do leito. Vou medir sua temperatura. Dirige-se a Simon. Révol congela. Estupefatos, Marianne e Sean arregalam os olhos. A jovem lhes dá as costas, murmura, isso, ótimo, depois verifica a pressão no monitor e declara: vou examinar sua sonda urinária agora, ver se você fez xixi — ela manifesta uma doçura que chega a ser irritante. Notando a expressão chocada nos rostos de Marianne e Sean Limbres, Révol considera a possibilidade de interromper a enfermeira, de pedir para ela sair do quarto, mas, afinal, opta pelo movimento: vamos conversar em meu escritório, venham comigo, por gentileza. Sobressaltada, Marianne resiste, não quer deixar o recinto, eu fico com Simon — mechas de cabelo pendem sobre seu rosto, acompanham o vaivém da cabeça balançando no vazio — e Sean finca pé junto dela enquanto Révol insiste, venham, seu filho deve receber cuidados, podem voltar a vê-lo em seguida.

De novo o labirinto, os corredores desordenados, de novo as silhuetas trabalhando, o eco, a espera, as transfusões verificadas, os medicamentos administrados, as pressões aferidas, os cuidados prodigados — limpezas, escaras —, os quartos ventilados, os lençóis trocados, os pisos lavados, e de novo Révol e seus passos largos e desajeitados, de novo as abas do jaleco planando às suas costas, o escritório minúsculo e as cadeiras geladas, de novo a poltrona giratória e o peso de papel balançando no oco da palma da mão no instante preciso em que Thomas Rémige bate à porta e, sem esperar, entra no recinto, apresenta-se aos pais de Simon Limbres — sou enfermeiro, trabalho na unidade —, depois puxa uma banqueta e instala-se ao lado de Révol. No presente momento, são quatro sentados nesse reduto, e Révol sente que deve acelerar, pois sufocam ali.

Então, tomando o cuidado de olhar nos olhos dos dois, esse homem e essa mulher, os pais de Simon Limbres — o olhar uma forma de dar sua palavra —, ele diz: o cérebro de Simon não manifesta mais qualquer atividade. O eletroencefalograma de trinta minutos que acaba de ser realizado apresenta um traçado reto, Simon está em um coma irreversível.

Pierre Révol retomou o controle de seu corpo, curvou as costas, espichou o pescoço, contraiu os músculos, como se mudasse de marcha e acelerasse, como se nesse instante exortasse a si mesmo, ok, chega de enrolação, vá em frente, e é provavelmente esse esforço que lhe permite desconsiderar o estremecimento de Marianne e a exclamação de Sean, quando ambos identificam o termo "irreversível", compreendendo que o fim da história está próximo, e para eles a iminência dessa notícia é insuportável. Sean fecha as pálpebras, inclina a cabeça, belisca com o polegar e o indicador o canto interno dos olhos, murmura, eu queria ter certeza de que tudo foi feito, e Révol com doçura lhe assegura: o choque no acidente foi violento demais, o estado de Simon era desesperador no momento de sua admissão esta manhã, passamos o resultado dos exames a neurocirurgiões experientes, que infelizmente confirmaram que de nada adiantaria uma intervenção cirúrgica, os senhores têm a minha palavra. Ele disse "era desesperador" e os pais encaram o chão. Algo neles fende e desmorona enquanto bruscamente, como para retardar a frase final, Marianne intervém: sim, mas tem quem acorde do coma, acontece de acordar mesmo anos depois, tem muitos casos assim, não tem? Seu rosto está transfigurado pela ideia, uma faísca de luz, e seus olhos aumentam, sim, em se tratando de coma, nada é definitivo, ela sabe, nos blogs, nos fóruns, proliferam histórias milagrosas de quem desperta depois de anos a fio. Révol detém o olhar no dela, e replica com firmeza: não. A sílaba fatal. Continua: todas as funções que formam a consciência de seu filho, sua mobilidade, sua sensibilidade, cessaram, assim como as funções vegetativas; a respiração e a circulação do sangue só são asseguradas pelos aparelhos. Révol fala e fala, como se procedesse por acumulação de provas, enumera fatos, faz uma pausa após cada informação, enquanto a entonação se eleva, um jeito de dizer que as más notícias estão se acumulando, empilhando-se no corpo de Simon, até que a frase chega ao fim, exausta, indicando de repente o vazio estendido à sua frente, como uma dissolução do espaço.

— Simon está em estado de morte cerebral. Sua vida acabou. Está morto.

Depois dessa declaração, é natural fazer uma pausa para recuperar o fôlego, estabilizar as oscilações em seu ouvido interno, a fim de não desabar no chão. Os olhares se descolam. Révol ignora o bipe vindo do cinto, abre a mão, examina o peso quente de vidro alaranjado em sua palma. Está exangue. Anunciou a esse homem e a essa mulher a morte do filho sem pigarrear, sem baixar a voz, pronunciou as palavras — as palavras "morte" e "morto" —, palavras que gelam o sangue. Mas o corpo de Simon Limbres não está paralisado, esse é o problema, e seu aspecto transgride a ideia que se faz de um cadáver, pois, enfim, ainda está quente, cor encarnado vivo, e mexia em vez de estar frio, roxo e imóvel.

Pelo canto do olho, Révol observa Marianne e Sean — ela está queimando as retinas encarando o tubo de néon amarelo preso ao teto, enquanto ele apoia os antebraços nas coxas e inclina o rosto na direção do chão, a cabeça enfiada entre os ombros. O que poderiam ter visto no quarto do filho? O que puderam ter concebido com seus olhos ignaros, incapazes de estabelecer uma relação entre o interior destruído de Simon e seu exterior plácido, entre seu lado de dentro e o de fora? O corpo do filho não oferecia qualquer traço visível, não manifestava nenhum sinal físico que permitisse estabelecer o diagnóstico como uma leitura do corpo — nada como o genial "reflexo de Babinski", apto a detectar patologias do cérebro a partir apenas da estimulação da planta do pé. Não, para eles, o corpo jazia indecifrável, mudo, tão impenetrável quanto um cofre. O celular de Rémige toca, desculpem, levanta-se de um salto e logo desliga o aparelho, volta a sentar-se, Marianne treme, enquanto Sean nem levanta a cabeça, imóvel, as costas largas, curvado, sombrio.

Révol os mantém em seu campo de visão, tentando entendê-los, seu olhar como uma lente que passeia por suas presenças. Esses dois são pouco mais jovens do que ele, filhos do final dos anos sessenta, vivem em um canto do globo no qual a expectativa de vida já alta não para de aumentar, no qual a morte é escondida dos olhares, apagada dos espaços cotidianos, evacuada para o hospital, onde é deixada a cargo de profissionais. Será que já viram algum cadáver? Já velaram uma avó, retiraram do mar um afogado, cuidaram de um amigo no fim da vida? Será que já viram um morto a não ser num seriado americano, *Body of Proof, CSI, Six Feet Under*? Ele, Révol, adora zanzar por esses necrotérios televisivos onde vagam médicos da emergência, legistas, funcionários de funerárias, embalsamadores e peritos criminais, entre os quais um grande número de moças sensuais e frenéticas — em geral, uma criatura gótica exibindo a todo instante um piercing na língua ou uma loura classuda mas bipolar, sempre sedenta de amor; adora escutar essas pessoas batendo papo em torno de um cadáver estirado, imagem azulada, trocando confidências, flertando sem pudor e até mesmo trabalhando, formulando hipóteses a partir de um pelo preso na ponta de uma pinça, de um botão examinado com lupa, de certa amostra de mucosa bucal analisada sob a lente de um microscópio, pois o tempo urge, a noite chega ao fim, é necessário elucidar logo os rastros deixados na epiderme, tentar decifrar o cadáver da vítima para descobrir se tinha ido para alguma festa ou chupado alguma bala, comido uma quantidade excessiva de carne vermelha, tomado uísque, se tinha medo do escuro, se tingia os cabelos, manipulava produtos químicos, mantinha relações sexuais com diferentes parceiros; sim, às vezes Révol adora assistir a esses episódios com olhar técnico, embora, segundo ele, esses seriados nada digam acerca da morte; embora o cadáver seja o foco principal da câmera, embora ele encha a tela, embora seja examinado, dissecado, revirado, trata-se apenas de um simulacro, que, enquanto não revela cada um de seus segredos, enquanto permanece apenas uma potencialidade — narrativa, dramatúrgica —, mantém a morte a distância.

Sean e Marianne ainda não se mexeram. Abatimento, coragem, dignidade, Révol não faz ideia, esperava, contudo, que explodissem, pulassem por cima de sua escrivaninha, jogassem a papelada pelos ares, derrubassem suas porcarias decorativas, até mesmo que lhe batessem e o insultassem — desgraçado, seu pedaço de merda —, afinal tinham motivos para enlouquecer, dar com a cabeça na parede, urrar de raiva, mas, em vez disso, tudo se passava como se aqueles dois pouco a pouco se dissociassem do resto da humanidade, migrassem para a extremidade da crosta terrestre, deixassem este tempo e este território para vagar à deriva pelo espaço sideral.

Como poderiam sequer imaginar a morte do próprio filho quando o que era um absoluto puro — a morte, o absoluto mais puro que tem — foi reformado, redefinido, em diferentes estados do corpo? Porque não era mais aquele ritmo batendo na cavidade do peito que atestava a vida — um soldado tira seu capacete e se inclina para encostar a orelha no peito do camarada estirado na lama no fundo da trincheira —, nem a respiração exalada pela boca designava a vida — um salva-vidas gotejante faz a respiração boca a boca em uma menina de carnação esverdeada —, mas o cérebro eletrificado, ativado por ondas cerebrais, ondas beta, de preferência. Como poderiam sequer aceitar a morte de Simon, quando sua pele ainda está rosa e macia, quando, como Rimbaud escreveu, sua nuca está imersa nos frescos agriões azuis e ele está deitado com os pés entre os gladíolos? Révol reúne as representações de cadáveres que conhece, e são sempre imagens de Cristo, cristos na cruz, os corpos lívidos, as testas feridas pela coroa de espinhos, pés e mãos pregados em madeiras escuras e luzidias, ou cristos retirados da cruz, cabeças para trás e pálpebras semicerradas, pálidos, emaciados, quadris cobertos por um fino sudário no estilo Mantegna, ou *O corpo de Cristo morto na tumba*, de Holbein, o Jovem — um quadro de tamanho realismo que Dostoievski alertou os devotos: ao olhá-lo, corriam o risco de perder a fé —, ou são reis, prelados, ditadores embalsamados, caubóis de cinema caídos na areia e filmados em plano fechado; lembra-se então daquela foto crística de Che, ele também de olhos abertos, exibido numa encenação mórbida pela junta boliviana, mas não encontra nada análogo a Simon, a esse corpo intacto, sem sangramento, calmamente atlético, que se assemelha ao de um jovem deus em repouso, que parece dormir, que parece vivo.

 Quanto tempo permaneceram sentados assim após a notícia, afundados na beira das cadeiras, presos em uma experiência mental da qual os corpos até então não faziam a menor ideia? De quanto tempo precisarão para aceitar o novo regime da morte? Por enquanto, não há uma possível tradução para o que estão sentindo; essa coisa que os atinge em uma linguagem que precede a linguagem, anterior às palavras, anterior à gramática, uma linguagem não compartilhável, que seja talvez um outro nome para dor. Impossível subtrair-se dela, impossível substituí-la por alguma descrição, reconstruí-la em alguma imagem. Eles estão, a um só tempo, apartados de si mesmos e do mundo ao redor.

Sentado no banco de ferro ao lado de Révol, Thomas Rémige permaneceu em silêncio, as pernas cruzadas, e talvez pensasse as mesmas coisas, produzisse as mesmas visões. Guardou a caixa de fósforos, e com eles espera, o tempo transcorre, magma de pensamentos e urros mudos, depois Révol se levanta, enorme e lívido, o rosto comprido e desolado assinalando precisar deixar a sala, estão me esperando, e então Thomas Rémige ficou sozinho com os Limbres, que, não se levantavam, mas tinham se aproximado um do outro, ombro colado no ombro, chorando em silêncio. Ele aguardou um minuto antes de perguntar com a voz extremamente atenciosa se gostariam de voltar ao quarto de Simon. Levantaram-se sem responder, o enfermeiro seguindo seus passos, porém, no corredor, Sean balançou a cabeça, não, não quero ir, não posso, ainda não, a respiração pesada enchia os pulmões e estufava o peito, a mão na boca, Marianne aconchegou-se debaixo de seu ombro — para apoiá-lo, para ali proteger-se — e o trio parou de avançar. Thomas se aproximou e explicou: estou aqui para acompanhá-los, à disposição dos senhores; se tiverem alguma pergunta, podem fazer. Sean sufocou, depois — como encontrou forças para articular a frase? — despejou de vez: o que vai acontecer agora? O enfermeiro engoliu em seco enquanto Sean continuava a disparar, a voz devastada pela revolta e pelo sofrimento: por que é mantido na UTI se não há mais esperança? O que estão esperando? Não entendo. Marianne, os cabelos no rosto, o olhar fixo, chocada, pareceu não ter ouvido nada enquanto Thomas Rémige buscava uma saída, um jeito de formular a resposta: a pergunta de Sean vinha romper a temporalidade do protocolo, pensado para anular a precipitação da tragédia e a brutalidade da notícia, para permitir uma dilatação do tempo, dar-lhes tempo. Mas a pergunta exige uma resposta. Decide falar agora.

Cordélia Owl ajeita o travesseiro em torno da cabeça de Simon, alisa o lençol sobre o peito, puxa as cortinas, fecha a porta do quarto e caminha para a recepção da unidade traçando arabescos no corredor — maldito jaleco apertado, justo, mais que tudo nesse instante adoraria ouvir o farfalhar das pregas, sentir o tecido esfregar nos joelhos machucados, que ela sabia flexíveis e confiáveis. A caminho, enfia a mão no bolso, pega o celular: nenhuma mensagem. *Niet.* Nadica de nada. Quatorze horas e quarenta. Ele deve estar dormindo, claro, ele está dormindo. Deitado de costas em algum lugar, torso nu, abandonado. Ela sorri. Não telefone.

De novo de calcinha, botões fechados, a fivela do cinto ajustada, eles tinham se encarado na calçada, *well*, eu já vou indo, uau é tarde, puxa na verdade é cedo, não é?, é, *bye bye*, um beijo no rosto, um sorriso amável, depois se haviam separado seguindo os passos de balé apropriados — suave *balancé, dégagé arrière, tour piqué* —, tinham se afastado obedecendo ao mesmo alinhamento, antes de um e outro se fundirem na escuridão. A princípio, Cordélia havia caminhado devagar, batendo os saltos como uma estrela dos anos cinquenta espremida em uma saia lápis, a gola do casaco mantida fechada pela mão chapada no pescoço, não tinha se voltado, nem pensar, mas, ao dobrar a esquina da rua, ela havia girado como um pião, o rosto voltado para o céu, o vento na boca, braços abertos na horizontal como um dervixe rodopiante, depois de novo seguiu seu caminho e correu em disparada entre os prédios, arriscando, de tempos em tempos, um pulo por cima de uma poça, como se tivesse de cruzar um rio, e seus braços ondulavam como fitas, o frio da noite fustigava seu rosto, o ar gelado penetrava entre as abas do casaco, agora escancarado, e era bom, ela se sentia linda, leve, no mínimo uns vinte centímetros mais alta desde que os dois haviam esbarrado nas latas de lixo, desde que sua calcinha escorregou até o chão e ele tinha segurado seu sexo na mão, a palma curvada para suspendê-la no muro depois que ela havia ficado na ponta do pé, dobrado o joelho da outra perna na altura do peito e o puxado mais para perto, o sexo dele dentro dela, as línguas abrasando as bocas como o fogo no forno, os dentes terminando por morder, ela ria enquanto caminhava, arrepios de frio e de calor de uma moça despudorada que, aos olhos do mundo, interpretava o papel de heroína solitária, a amazona das cidades que reivindica seu desejo, dona de suas ações, ela subia os bulevares açoitados pelo vento, as ruas desertas das cinco da manhã, corria, indiferente ao carro que diminuía a marcha perto dela, aos vidros que se baixavam para poder soltar um insulto sexual, e aí, piranha, tá a fim?, devorando o espaço à sua frente, queimando-o, e assim estava prestes a atravessar a rue d'Étretat quando a van de Chris apareceu à sua esquerda no cruzamento dos Quatre-Chemins, parando no meio-fio, a pintura da carroceria estendendo-se diante dela — teve a impressão de que as surfistas californianas de biquíni triângulo piscavam e lhe sorriam como a uma possível irmã —, e alguns passos adiante, já estava em casa, enfiada debaixo do edredom de plumas, os olhos fechados sem conseguir pegar no sono. Não tinha pedido nada àquele cara que a atormentava havia séculos, não tinha feito uma pergunta — *brave girl*.

Ela entra no escritório de vidro tipo aquário, desaba na cadeira. Exausta. Peixes-palhaços cruzam a tela do computador. Sonda de novo o celular. Nada. Claro, nadinha de nada. Não transgredirá a regra tácita. Nem por todo o ouro do mundo. A ideia de que, mesmo pronunciada com voz rápida e tom frio, qualquer palavrinha soaria com certeza pegajosa, falsa, opressiva, e qualquer frase revelaria o elemento cretino, sentimental e excessivamente ansioso que se escondia dentro dela. Não mexa um músculo, engula café, frutas secas, uma ampola de geleia real, não faça besteira, desligue esse telefone. Droga, estou morta.

Pierre Révol entra enquanto ela examina as manchas violáceas no pescoço, contorcendo-se diante da janela do aplicativo Photo Booth, e, ao ver o rosto dele aparecer na tela, debruçado sobre seu ombro tipo leitor indiscreto aproveitando-se do jornal do vizinho no trajeto do metrô, ela solta um grito. Então, você disse que começou há pouco na unidade? Révol se mantém imóvel atrás dela, que salta, vira, a cabeça gira, véu negro diante dos olhos, preciso comer alguma coisa; ela prende as mechas de cabelos atrás das orelhas, tentando melhorar o rosto bagunçado, é, comecei faz dois dias, e com a mão firme ajeita a gola do jaleco. Preciso dizer uma coisa importante, uma coisa que vai precisar enfrentar aqui. Cordélia meneia a cabeça, tudo bem, mas agora? Não vai demorar, é a respeito do que acabou de acontecer no quarto, mas justo neste instante, *bzzz*, *bzzz*, o celular de Cordélia vibra no fundo de seu bolso e ela se retesa como sob o efeito de uma descarga elétrica, ah, não, não e não, não acredito, droga! Révol, recostado na beirada de um móvel, começa a falar, cabeça inclinada para o chão, braços cruzados no peito e pernas cruzadas nos tornozelos, o garoto que viu em estado de morte cerebral, *bzzz*, *bzzz*, Révol articula com perfeita clareza, embora suas palavras soem para Cordélia como um exercício de fonética em língua estrangeira; apesar de canalizar toda a atenção de que é capaz para esse rosto e manter o cérebro focado no que essa voz diz, ela tem a sensação de nadar contra a correnteza, contra essa onda quente que bate no seu quadril a intervalos regulares, *bzzz*, *bzzz*, afunda na dobra de sua coxa, na cavidade da virilha; ela luta, gostaria de voltar para Révol, que parece afastar-se, como arrastado pelas corredeiras, e que se torna inaudível à medida que ele explica: então, aquele jovem está morto; ora, é difícil para os pais aceitar a realidade dessa morte, a constatação se confunde porque a aparência do corpo contradiz os fatos, entende? Cordélia se obriga a escutar, articula um sim como quem estoura uma bolha, entendo, mas na verdade não entende nada, totalmente confusa, o cérebro em debandada, *bzzz*, *bzzz*, os infinitesimais tremores do celular arrastam um punhado de imagens sexuais, fotogramas retirados do filme da noite anterior — ai, essa boca tão doce aberta em sua nuca, essa respiração quente enquanto sua fronte, sua bochecha, seu ventre, seus seios arranham contra o muro, avermelhados à força de ralar a argamassa granulosa e os seixos proeminentes enquanto ele vem por trás, e suas mãos lhe agarram a bunda para puxá-lo para mais perto ainda, mais fundo e mais forte —, *bzzz*, última palpitação, terminou, ela não pisca, engole em seco antes de responder com a voz firme, sei, entendo perfeitamente, tanto que Révol lança um olhar indulgente antes de concluir, então é isso: quando estiver cuidando de um paciente em estado de morte encefálica, não pode falar como fez há pouco, os pais estavam no quarto e, para eles, essas palavras pronunciadas dentro da ótica de cuidados representam um sinal contraditório em uma situação extrema, embaralham a mensagem que nós lhes endereçamos, a situação já é suficientemente complicada, okay? Sim. A voz de Cordélia no suplício, só esperando uma coisa, que Révol vá embora, anda, se manda, se manda logo, chega, já entendi, e de depois, de repente, sem aviso prévio, rebela-se, levanta a cabeça: o senhor não me envolveu nos cuidados com o paciente, encontrou os pais sozinho, não vamos mais trabalhar desse jeito. Révol a fita, atônito: hã? Vamos trabalhar como? Cordélia dá um passo à frente e responde: em equipe. Silêncio que se estende, eles se olham, depois o médico fica de pé: você está muito abatida, já lhe mostraram a cozinha? Tem biscoito lá, preste atenção, mocinha, doze horas na UTI equivalem a uma corrida de fundo, é preciso manter a distância. Sim, sim, está certo. Révol, enfim, decide deixar o lugar, Cordélia mergulha a mão no bolso. Fecha os olhos, pensa na avó em Bristol com quem fala todo domingo à noite, não é ela, diz para se convencer, cedo demais. Estaria disposta a fazer um teste supersticioso (bem me quer, mal me quer) antes de abrir os olhos e ler os números no visor. Apostaria de bom grado todo o seu dinheiro, como numa roleta, num número só, um número de quarto por exemplo, jogaria uma bolota de papel numa cesta, ou simplesmente jogaria cara ou coroa. Não seja idiota! O que deu em você?

Cordélia se planta bem no centro do recinto, ergue a cabeça e joga os ombros para trás, lentamente abre os dedos, um após o outro, revelando o número que a chamara. Desconhecido. Aliviada, sorri. Afinal, não tem mais tanta certeza de querer que ele se manifeste, nem tanta pressa de ouvir sua voz. De repente, sente-se cruel ao pensar nele, lúcida e alegre. Tem vinte e cinco anos. Antecipa com aversão essa fadiga da tensão amorosa, essa montanha de fadiga — exaltação, ansiedade, loucura, impulsividade crassa —, indagando-se de novo por que essa intensidade continua a ser a parte mais desejável de sua vida, mas então dá meia-volta, se desvia dessa interrogação como quem retira *in extremis* a ponta do pé da poça lamacenta onde ia pousar, atolar sem jamais conhecer repouso, precisa é prolongar a noite passada, deixá-la em infusão, festejar. Conservar a graça e a ironia das garotas. Ao chegar à pequena cozinha, pega num armário um pacote de wafers de framboesa, retira o papel que farfalha como seda nos dedinhos vorazes, e lentamente come todos os biscoitos.

Révol atravessa o corredor, ignora quem lhe dirige a palavra ou estende fichas e trotam enquanto ele caminha, três minutos, eu quero três minutos, caramba, murmura entre os dentes, o polegar, o indicador e o médio estendidos no ar enquanto a voz autoritária acentua "três"; o pessoal da unidade conhece esse gesto, sabe que, uma vez sozinho no escritório, o anestesista desabará nessa poltrona que oscila e gira, olhará o relógio dando início à contagem regressiva — três minutos, um ovo cozido no ponto ideal, o número perfeito —, aproveitando-se desse lapso de solidão como de um intervalo, recostará a bochecha no cotovelo dobrado e esticado na escrivaninha, exatamente como as crianças do maternal tirando um cochilo na sala de aula, depois do almoço — e afundará nesse sono sinuoso para debelar o que acaba de acontecer e talvez dormir. Abatido, apoia a cabeça nos braços cruzados e adormece. É compreensível que ele se agarre a esses três minutos: ao cabo de tantos anos — vinte e sete — passados a fazer os outros adormecerem, deve ter aprimorado para si mesmo uma técnica de microssesta de alta eficácia, embora de duração sensivelmente inferior à habitualmente recomendada para recarregar um corpo humano. Todo mundo sabe que Révol perdeu faz tempo aquele outro sono, o noturno, na horizontal, o profundo. No apartamento que ocupa, na rue de Paris, não existe mais quarto propriamente dito, apenas um grande aposento no qual a cama de casal faz as vezes de mesinha de centro, onde dispõe sua coleção de vinis — coletânea completa de Bob Dylan e de Neil Young —, a papelada e compridas jardineiras que acolhem suas experiências botânicas sobre plantas psicotrópicas — é apenas para uso profissional, como diz aos raros visitantes, atônitos ao ver plantações de cannabis crescerem bem visíveis junto a dormideiras, lavandas, papoulas e *Salvia divinorum*, a "sálvia dos sábios", uma erva alucinógena cujas virtudes curativas descreveu em artigos publicados em revistas de farmacologia.

Na noite anterior, sozinho em seu apartamento na rue de Paris, assistiu pela primeira vez ao filme de Paul Newman, *O efeito dos raios gama nas margaridas* — o título predizia uma fantasia botânica quando na verdade era outro tipo de filme e traçava uma combinação entre alucinação e ciência, o que de imediato havia cativado Révol. Agitado e seduzido, teve a ideia — por que não? — de reproduzir em sua sala a experiência de Matilda, a jovem heroína do filme, que submetia as margaridas a diferentes doses de raios gama a fim de observar seu crescimento, o modo como se diferenciavam ao longo dos dias sob o efeito dos raios, algumas ficando enormes, outras raquíticas e murchas, outras ainda simplesmente lindas. Pouco a pouco, essa menina solitária começou a entender a infinita variedade da vida, aprendendo ao mesmo tempo a ocupar seu lugar no mundo, afirmando durante a festa da escola, no palco do auditório, que seria possível, um dia, transformar e melhorar a espécie humana por meio de uma mutação maravilhosa. Em seguida, Révol, ainda fantasiando, preparou ovos estrelados, a gema de um amarelo tão radiante quanto o miolo das margaridas, abriu uma cerveja loura que pegou na porta da geladeira, bebeu tudo devagar, depois se enrolou no edredom de penas de ganso, os olhos abertos.

Révol dorme. Deixou ao alcance da mão um caderno para, ao acordar, poder anotar, descrever as imagens entrevistas, as ações, os encadeamentos e os rostos, e talvez o de Simon ali apareça — as mechas negras endurecidas pelo sangue coagulado, a pele oliva túmida, os domos brancos das pálpebras, a testa e a têmpora direita tomadas por um halo beterraba, a mácula mortal — ou então o de Joanne Woodward, aliás Beatrice Hunsdorfer, a insana mãe borderline de Matilda, aparecendo no auditório depois de encerrada a festa, emergindo das sombras titubeante, embriagada, os olhos vidrados, em traje de gala, lantejoulas e plumas negras, e declarando com a voz pastosa, a mão pousada no esterno: *my heart is full, my heart is full.*

Seguraram a mão um do outro enquanto seguiam Thomas Rémige e, no fundo, se o acompanharam, se aceitaram mais uma perambulação pelos labirintos de corredores e barreiras, se aceitaram atravessar todas as comportas, abrir e segurar com o ombro todas as portas, apesar do meteoro escuro que tinha acabado de atingi-los em cheio, apesar da manifesta exaustão, foi provavelmente porque Thomas Rémige lançara sobre eles um olhar certo — esse olhar que os mantinha entre os vivos, esse olhar já então inestimável. Assim, a caminho, os dois entrelaçaram os dedos, deixando que as polpas dos dedos mordicadas se tocassem, as unhas roídas orladas de peles mortas, roçando as palmas secas, os anéis em seus dedos, assim agindo sem sequer pensar.

Mais uma parte do hospital: um lugar mobiliado ao estilo sala de estar de apartamento modelo, claro, a mobília é elegante, embora comum — um sofá verde-maçã de tecido sintético com toque de veludo e duas cadeiras vermelho-mercúrio e assentos estofados —, as paredes nuas, à exceção do cartaz colorido de uma exposição de Kandinsky — Beaubourg, 1985 —, e, na tampa da mesinha de centro, uma planta verde de compridas folhas delgadas, quatro copos limpos, uma garrafa de água mineral, uma tacinha cheia de um pot-pourri com fragrância de laranja e de canela. A janela está escancarada, as cortinas oscilam devagar, ouve-se o barulho dos raros carros indo e vindo lá embaixo, no estacionamento do hospital, e pairando sobre tudo, como escoriações sonoras, a estridência das gaivotas. Faz frio.

Sean e Marianne estão instalados lado a lado no sofá, desajeitados, intrigados, apesar de abalados, em uma das cadeiras vermelho-mercúrio, Thomas Rémige tem nas mãos o dossiê médico de Simon Limbres. Entretanto, embora esses três indivíduos partilhem o mesmo espaço, compartilhem do mesmo tempo, neste exato instante nada existe de mais afastado no planeta do que esses dois seres na dor e esse homem jovem diante deles cujo objetivo — sim, cujo objetivo — é obter seu consentimento para a remoção dos órgãos do filho. Ali estão um homem e uma mulher capturados por uma onda de choque, ao mesmo tempo projetados no ar e derrubados numa temporalidade rompida — uma continuidade interrompida pela morte de Simon, mas uma continuidade que, como um pato sem cabeça correndo pelo pátio da fazenda, segue seu caminho sem sentido —, uma temporalidade tecida pela dor, um homem e uma mulher em cujas cabeças está concentrada toda a tragédia do mundo. E ali está aquele jovem homem de jaleco branco, cauteloso mas decidido, determinado a não se precipitar, mas completamente consciente da contagem regressiva num canto do seu cérebro, bem sabendo que um corpo em estado de morte encefálica se degrada rapidamente, e que é preciso agir logo — dividido entre esses dois imperativos.

Thomas verte água nos copos, levanta-se para fechar a janela, atravessa o aposento enquanto observa o casal, não desgruda os olhos desse homem e dessa mulher, os pais de Simon Limbres, e com certeza nesse instante está se preparando mentalmente, consciente do fato de que está prestes a maltratá-los, a realizar com suas perguntas uma incisão que ainda ignoram em seu sofrimento, a pedir-lhes para refletir e formular respostas, quando eles são zumbis golpeados pela dor, arremessados no espaço obscuro; sem dúvida, ele se prepara para falar como se prepara para cantar, relaxando os músculos, disciplinando a respiração, consciente de que a pontuação é a anatomia da linguagem, a estrutura do sentido, tanto que visualiza a frase inicial, sua linha sonora, e avalia a primeira sílaba a ser pronunciada, aquela que vai fender o silêncio, precisa, rápida como um corte, a cutilada em vez da rachadura da casca do ovo, em vez da fenda subindo pelo muro quando a terra treme. Ele começa devagar, lembrando com método o contexto da situação: acho que compreenderam que o cérebro de Simon está em vias de destruição; no entanto, seus órgãos continuam a funcionar; é uma situação excepcional. Sean e Marianne piscam, sinal de aquiescência. Encorajado, Thomas prossegue: tenho consciência de sua dor, mas devo abordar um assunto delicado; um halo de luz transparente circunda seu rosto e a voz sobe imperceptivelmente um tom, absolutamente límpida quando declara:

— Nesse contexto, seria possível considerar a doação dos órgãos de Simon.

Bum. Sem demora, Thomas ajusta a frequência da voz e o aposento parece ressoar como um microfone gigante. É um desempenho de alta precisão, tão perfeito em seu timing quanto as rodas de um jato aterrizando na pista de voo de um porta-aviões, o pincel de um calígrafo japonês, a deixada de um tenista. Sean levanta a cabeça, Marianne estremece, ambos emborcam o olhar no de Thomas; começam a entrever com terror o que fazem ali diante desse bonito jovem de perfil de medalha, esse jovem bonito que concatena as frases com calma; gostaria de saber se por acaso seu filho discutiu isso com os senhores, se teve a oportunidade de expressar sua opinião sobre o assunto.

As paredes dançam, o chão rodopia, Marianne e Sean estão em choque. Boquiabertos, olhares vazios fitando a mesinha, mãos que se retorcem, e o silêncio que preenche o aposento é denso, sombrio, vertiginoso, uma mistura de pânico e confusão. Diante deles, um vazio se abre, um vazio que não podem conceber senão como "alguma coisa" pois o "nada" é impensável. Debatem-se juntos diante desse buraco negro, apesar de agitados por diferentes interrogações e emoções; ao longo dos anos, Sean se tornou solitário e taciturno, combinando a mais límpida descrença com uma espiritualidade lírica baseada na mitologia oceânica, enquanto Marianne fez a primeira comunhão de vestido florido e meias soquete, a testa cingida com uma coroa de flores frescas e a hóstia colada bem no fundo do palato, rezou por muito tempo à noite no beliche que dividia com a irmã, ajoelhada no colchão do alto, recitando seu louvor em voz alta naquele pijama que coçava, e até hoje entra em igrejas, explora o silêncio como a textura de um mistério, procura a luzinha vermelha acesa atrás do altar, inala o pesado odor de vela e de incenso, observa a luz do dia filtrando-se através da rosácea em raios coloridos, as estátuas de madeira com olhos pintados, mas recorda a intensa sensação a percorrê-la no instante em que havia tirado do pescoço o cabresto da fé; os dois evocam visões da morte, imagens do além, espaços *post mortem* mergulhados na eternidade; é uma voragem aninhada em uma dobra do cosmos, é um lago escuro e encrespado, é o reino dos devotos, um jardim no qual sob a mão de Deus movem-se os seres de carnes ressuscitadas, é um vale perdido na selva onde voltejam as almas renegadas, é um deserto de cinzas, um sono, um desvio, um buraco dantesco no fundo do mar, e é também uma costa indefinida que se alcança a bordo de uma piroga de madeira delicadamente talhada. Os dois se curvaram para a frente, braços cruzados na barriga para suportar o choque, e seus pensamentos convergiram num funil de interrogações que não conseguem formular.

Thomas recomeça, mudando de tática: seu filho está inscrito no registro nacional de recusa de doação de órgãos? Ou sabem se ele expressou oposição a essa ideia, se era contrário? Uma pergunta complicada, o rosto deles assume uma expressão ainda mais franzida. Marianne balança a cabeça, não sei, acho que não, balbucia, enquanto Sean se move de súbito, a cabeça escura e quadrada se volta devagar para Thomas, e declara, com a voz abafada: dezenove anos — ele se inclina para frente e junta essas palavras mal articuladas, pronunciadas quase sem abrir a boca —, por acaso existem garotos de dezenove anos que tomam providências sobre isso, sobre esse tipo de… existe isso? "Tomar providências": a voz soa ameaçadora, contida, os esses cuspidos como numa metralhadora, um fogo de gelo. Acontece, responde Thomas devagar, às vezes acontece. Sean toma um gole d'água, bate o copo na mesa: talvez, mas não Simon. Então, esgueirando-se pelo que identifica como uma brecha no diálogo, Thomas pergunta elevando a voz em um tom, por que "não Simon"? Sean o olha de cima a baixo, murmura: porque ele ama demais a vida. Thomas meneia a cabeça, entendo, mas insiste: amar a vida não significa não ter pensado na morte, poderia ter falado com os mais próximos. Filamentos de silêncio convergindo em junção, depois Marianne reage, rápida e atropelada; os mais próximos, é, não sei, é, a irmã, é, ele ama tanto Lou, a irmãzinha, ela tem sete anos, são como cão e gato mas ficam perdidos um sem o outro, e seus amigos, é, os do surf, com certeza, Johan, Christophe, e os do colégio, é, não sei, acho, não os vemos com frequência, mas seus mais próximos, não sei quem são seus mais próximos, enfim se a avó, o primo que mora nos Estados Unidos, e tem Juliette também, Juliette, seu primeiro amor, sim, esses são seus mais próximos, somos nós.

Falam do filho no presente, não é um bom sinal. Thomas prossegue: estou fazendo essas perguntas porque, se a pessoa falecida, no caso seu filho Simon, não declarou a recusa enquanto viva, se não expressou ser contrária à doação, devemos nos perguntar juntos sobre o que ela, "a pessoa falecida, no caso seu filho Simon", desejaria. Thomas levantou a voz e pronunciou distintamente cada palavra, martelando o último prego. Consentimento para quê? Foi Marianne quem, erguendo a cabeça, falou, mas ela na verdade já sabe a resposta, ela quer ouvir os pregos finais sendo cravados. Thomas declara: consentimento para a retirada dos órgãos, a fim de permitir transplantes — é preciso passar pela brutalidade dessas frases expostas como slogans em bandeirolas, é preciso passar por sua carga massiva, sua matéria contundente. Thomas sabe que as conversas carregadas de ambiguidade causam sofrimento.

A tensão aumentou muito rapidamente nesse ponto da crosta terrestre. As folhas da planta parecem tremer e a água nos copos enrugar, a luz no aposento parece ficar de repente mais clara, fazendo-os piscar, e o ar parece vibrar como se o motor de uma centrífuga fosse lentamente acionado acima de suas cabeças. Thomas é o único a permanecer absolutamente imóvel, não mostra qualquer emoção, mantém seu olhar pousado sobre os rostos retorcidos de sofrimento, ignora o abalo sísmico dos queixos, o tremor dos ombros, retoma incansável: essa conversa tem por objetivo buscar e formular a expressão de uma vontade, a de Simon; não se trata de refletir sobre o que os senhores fariam, mas de nos indagarmos sobre o que seu filho decidiria; Thomas prende a respiração, avaliando a sutil violência dessas últimas palavras, palavras que forçam uma radical distinção entre seus corpos e o corpo do filho, inscrevem uma distância, mas também, ao mesmo tempo, permite-lhes pensar. Com a voz arrastada, Marianne pergunta: como podemos saber?

Ela pede um método, Sean a observa, e Thomas reage sem hesitação; nesse instante ele se pergunta se Marianne seria, segundo a expressão aprendida durante um seminário de formação, a "pessoa-recurso", em outras palavras, a que pode criar o "efeito esteira"; estamos aqui para pensar em Simon, na pessoa que ele era; o procedimento de remoção é sempre ligado a um indivíduo único, à leitura que podemos fazer de sua existência: é preciso refletirmos juntos; por exemplo, podemos nos perguntar se Simon era religioso, ou se era generoso. Generoso?, repete Marianne estupefata. Sim, generoso, confirma Thomas, como era seu relacionamento com os outros, se era curioso, se gostava de viajar, precisamos fazer essas perguntas.

Marianne espia Sean, seu rosto está desfeito, pele terrosa e lábios escuros, depois desvia o olhar para a planta verde. Não estabelece ligação entre as perguntas do coordenador e a doação de órgãos, acaba por murmurar: Sean, Simon era generoso? Eles desviam o olhar, não sabem o que responder, respiram forte, ela passa o braço em volta do pescoço desse homem de cabelos pretos e fartos como os do filho, puxa-o para si, as cabeças se tocam, e ele abaixa a sua enquanto deixa deslizar um *sim* pela garganta cerrada — um sim que de fato não tem grande coisa a ver com a generosidade do filho, pois, no fundo, de generoso, Simon não tinha muito: era mais como um gato, egoísta e despreocupado, resmungando com a cabeça na geladeira droga não tem Coca nesse barraco? do que um jovem dado a gestos pródigos, a atenções; esse *sim* é mais uma descrição de Simon como um todo, que o eleva para fazê-lo resplandecer, um garoto modesto e franco que devorava a intensidade de sua juventude.

De repente, a voz de Marianne irrompe em um sopro e seu fraseado explica, apesar de entrecortado: tem uma coisa, nós somos católicos, Simon é batizado. Ela se cala. Thomas espera que ela prossiga, mas a pausa se estende, então ele indaga — oferecendo um apoio — ele era religioso? Acreditava na ressurreição do corpo? Marianne olha Sean, de quem ainda só vê o perfil inclinado, morde os lábios, não sei, não somos praticantes. Thomas ficou tenso; no ano passado, um casal recusou qualquer retirada de órgão do corpo da filha, alegando acreditar na ressurreição da carne e julgando que se tratava de uma mutilação que tornaria impossível qualquer outra forma de existência, e quando Thomas apresentara a posição oficial da Igreja, favorável às doações, os pais tinham respondido: não, não queremos fazê-la morrer uma segunda vez. Marianne vem pousar a cabeça no ombro de Sean, depois recomeça a falar, no verão passado ele leu aquele livro sobre um xamã polinésio, o homem-coral, sei lá, ele planejava ir para lá, você se lembra? Era um livro sobre reencarnação, confirma Sean de olhos fechados, e acrescenta em tom quase inaudível: esforçar-se, isso contava para Simon, ele era físico, é isso, era assim que ele era, vivo, ele tinha muita energia, é isso, é assim que ele era, ele sentia o corpo vivo, é assim que eu o vejo, natural, na natureza, ele não sentia medo. Marianne permanece um tempo calada, depois pergunta, insegura: é isso ser generoso? Não sei, talvez — e agora ela chora.

Pai e mãe falam no pretérito imperfeito, morderam a isca. Para Thomas, é um avanço tangível, o sinal de que a ideia da morte do filho pouco a pouco se cristaliza. Ele pousa o dossiê na mesa, coloca as mãos livres espalmadas sobre as coxas, abre a boca para prosseguir, mas depois, sem aviso prévio, a situação muda, uma guinada, pois Sean se levanta de um salto e anda de um lado para o outro, agitado, e bruscamente declara, essa história de generosidade é uma babaquice, não entendo no que o fato de ser generoso ou de viajar o autoriza a pensar que ele gostaria de doar os órgãos, é fácil demais, além disso se eu disser que Simon era egoísta a conversa para aqui? De súbito, ele se aproxima de Thomas e murmura-lhe ao ouvido: diga apenas se podemos dizer não, anda, vai. Marianne, surpresa, se volta para ele, Sean!, mas ele não a escuta, se levanta, um vaivém no aposento, a velocidade acelera, acaba por apoiar as costas na janela, sombrio e imenso na contraluz: vamos, fala, diz a verdade, a gente pode ou não recusar? Respira como um touro. Thomas não pisca, coluna ereta e mãos úmidas no tecido do jeans. Marianne se levanta para se aproximar de Sean, estende os braços, mas ele se esgueira, dá três passos ao longo da parede, se volta e dispara um soco na parede, um soco no qual emprega toda a sua força, a janela de vidro treme acima do cartaz de Kandinsky, depois ele geme droga, não é verdade!, e devastado se volta para Thomas, que se levantou, branco como um lençol, absolutamente petrificado, e com voz decidida declara: o corpo de Simon não é um estoque de órgãos do qual podem se servir; o procedimento é interrompido caso a tentativa de descobrir a vontade do defunto, conduzida junto aos parentes, resulte em recusa.

Marianne enfim pega a mão de Sean, assim não dá, murmura acariciando-a, essa é a última coisa de que precisamos;

ela o conduz na direção do sofá, onde o casal se senta de novo, se recompõe, é a calmaria, cada um deles toma de uma só golada o copo d'água, embora não tendo sede, mas eles precisam ganhar tempo, continuar a se mover, redescobrir a frequência certa de uma comunicação possível.

Nesse instante, Thomas pensa que tudo está perdido. Difícil demais. Complexo demais, violento demais. A mãe talvez, mas não o pai. Não tem volta, tudo acontece rápido demais. Mal se deram conta do drama e já devem decidir sobre a remoção dos órgãos. Por sua vez, ele também volta a se sentar. Pega o dossiê na mesinha. Não poderia insistir, influenciar, manipular, bancar a autoridade, não poderia encarnar o agente de uma chantagem muda ainda mais opressiva, uma pressão ainda mais forte, alegando que os doadores jovens e saudáveis são raros. Vai poupá-los, por exemplo, de ouvi-lo dizer que, no caso de não inscrição no registro nacional de recusas, a lei prefere adotar o princípio do consentimento presumido; vai poupá-los de indagarem como um consentimento presumido podia ser a regra quando o doador estava morto e, portanto, não podia mais falar, não podia mais consentir, vai poupá-los de ouvir que não ter dito nada ainda vivo equivalia a dizer sim, ou seja, outra versão do duvidoso ditado *quem cala consente*, sim, no final, ele se calará sobre esses textos que teriam tão facilmente enfraquecido o sentido desse diálogo, transformando-o numa simples formalidade, uma convenção hipócrita, quando a lei em geral sugeria outra coisa, uma noção mais complexa decorrente da reciprocidade da troca: sendo cada indivíduo um presumível receptor em potencial, seria afinal tão ilógico, tão infundado, que cada um seja considerado um presumível doador após a sua morte? De agora em diante, quando a conversa tomar esse rumo, ele só evocará o contexto legal para pessoas que desconheçam a questão da doação ou para confortar as famílias depois de já terem concordado, já que a lei os apoia, como o corrimão apoia a mão.

 Ele fecha o dossiê de Simon e o ajeita de novo sobre os joelhos, assinalando a Sean e a Marianne Limbres que podem adiar a conversa se assim o desejarem, sair do aposento. É uma recusa, acontece. É preciso admitir essa decisão, a possibilidade da recusa também faz parte da condição da doação. Agora é preciso se despedirem, apertarem as mãos. A conversa é um fracasso, pronto, é preciso aceitar, Thomas tem como princípio o respeito absoluto à opinião dos parentes, e também sabe o caráter indiscutível do que torna sagrado o corpo do falecido para os que o cercam — um jeito de determinar os limites de um procedimento que, apoiado em termos legais e éticos pela lei e pela penúria de transplantes, corre o risco de abrir caminho à força. Seu olhar varre as paredes do aposento; atrás da janela, um pássaro os observa. Um pardal. Thomas Rémige sobressalta-se ao vê-lo, imagina se Ousmane passará em sua casa para alimentar Mazhard, o pintassilgo, abastecê-lo com água limpa e grãos biológicos, esses grãos multicores cultivados numa varanda de Bab el-Oued. Ele fecha os olhos.

 Okay, iriam retirar o quê? Sean formula a pergunta, cabeça baixa, olhar para o chão, e Thomas, surpreso com a mudança de rumo, franze as sobrancelhas e se adapta no ato a esse novo tempo: trata-se de retirar o coração, os rins, os pulmões, o fígado; caso consintam no procedimento, serão informados a respeito de tudo, e o corpo de seu filho será restaurado; ele enumerou os órgãos sem vacilar, nesse ímpeto que sempre o conduz a preferir a precisão seca à evasiva.

 O coração?, pergunta Marianne. Sim, o coração, repete Thomas. O coração de Simon. Marianne está aturdida. O coração de Simon — ilhotas de células sanguíneas confluem num pequeno saco para formar a rede vascular inicial no décimo sétimo dia, o bombeamento tem início no vigésimo primeiro dia (movimentos contráteis de baixíssima amplitude, mas audíveis nos aparelhos altamente sensíveis configurados para a embriologia cardíaca), o sangue flui pelos condutores em formação, irriga tecidos, veias, tubos e artérias, as quatro cavidades se formam, o conjunto no lugar no quinquagésimo dia, embora inacabado. O coração de Simon — uma barriga redonda erguendo-se de leve no fundo de um berço desmontável; o pássaro dos terrores noturnos assustado num peito de criança; o tambor *staccato* sincopado com o destino de Anakin Skywalker; a chama sob a pele quando se ergue a primeira onda —, toca no meu peitoral, dissera certa noite, músculos retesados, careta de macaco, tinha quatorze anos e no olhar o brilho novo do menino que passa a ocupar seu corpo, toca meu peitoral, mãe; a pressão arterial diastólica quando seu olhar capta Juliette no ponto de ônibus no boulevard Maritime, vestido listrado tipo camiseta, coturnos dr. Martens e capa de chuva vermelha, a pasta de desenho debaixo do braço: a apneia diante do papel bolha na noite de Natal, a prancha desembrulhada com esse misto de meticulosidade e impetuosidade no meio do hangar gelado, como se rasga o envelope de uma carta de amor. O coração.

Mas não os olhos, não vão pegar os olhos, não é? Ela abafa o grito com a palma da mão sobre a boca aberta. Sean estremece, no mesmo instante berra, o quê? Os olhos? Não, nunca, os olhos não. Seu berro estagna na sala até virar silêncio e Thomas cabisbaixo diz, eu entendo.

Outra zona de turbulência, e ele tirita, ensopado, ciente de que o significado simbólico difere de um órgão a outro — Marianne, aliás, só havia reagido à ideia da retirada do coração, como se a dos rins, do fígado ou dos pulmões fosse concebível, assim como rejeitou a remoção das córneas, que, como os tecidos, a pele, raramente são objeto de consentimento por parte dos familiares — e compreende que deve abrir mão, considerar a exceção à regra, aceitar as restrições, respeitar essa família. Empatia. Os olhos de Simon não são apenas as retinas nervosas, mas as íris de tafetá, não apenas a pupila de um preto puro na frente do cristalino, mas o seu olhar; sua pele não é apenas a malha filetada de sua epiderme, suas cavidades porosas, mas a sua luz e o seu toque, os captores vivos de seu corpo.

— O corpo de seu filho será restaurado.
É uma promessa e talvez também o toque de finados desse diálogo, quem sabe. Restaurado. Thomas olha o relógio, calcula — o segundo eletroencefalograma de trinta minutos ocorrerá dentro de duas horas; querem ficar um pouco sozinhos? Marianne e Sean se entreolham, aquiescem com a cabeça. Thomas se levanta e acrescenta, se seu filho for doador, isso permitirá a outras pessoas viverem, outras pessoas à espera de um órgão. Os pais pegam os casacos, as bolsas, os gestos são lentos, apesar da pressa de sair rápido dali. Então ele não terá morrido em vão, é isso? Sean levanta a gola da parca e o encara, a gente sabe, sabe disso tudo, transplantes salvam pessoas, a morte de um pode proporcionar a vida a outro, mas sabe, é Simon, é nosso filho, compreende? Eu compreendo. No momento de passar pela porta, Marianne se volta, olha Thomas nos olhos: vamos tomar ar, a gente volta.

Sozinho, Thomas afunda na cadeira, a cabeça tomba nas mãos, enfia os dedos entre os cabelos, massageando o crânio, e respira fundo. Com certeza diz a si mesmo que é dureza, e talvez ele também quisesse falar, socar paredes, chutar lixeiras, quebrar copos. Talvez seja um sim, mais provável um não, ora, isso acontece — um terço das conversas é concluído com uma recusa, mas, para Thomas Rémige, uma recusa clara vale mais do que um consentimento arrancado na confusão, obtido a fórceps, e lamentado quinze dias depois por pessoas devastadas pelo remorso, que perdem o sono e afundam no sofrimento, é preciso pensar nos vivos, costuma dizer mastigando a ponta de um palito de fósforo, é preciso pensar nos que ficam — em seu escritório, atrás da porta, colou com fita adesiva a fotocópia de uma página de *Platonov*, uma peça que nunca viu, nunca leu, mas esse fragmento de diálogo entre Serguey Voïnitzev e Nicolas Triletzki, descoberto por acaso num jornal deixado na Lavomatic, o fizera estremecer como estremece um menino ao descobrir algum glorioso tesouro, um Charizard no pacote de cartas de Pokémon, um bilhete de ouro no tablete de chocolate. O que fazer, Nicolas? Enterrar os mortos e consertar os vivos.

Juliette está no seu quarto. Da janela, se ela se posiciona ligeiramente de perfil e fica na ponta dos pés, pode ver o telhado do prédio dos Limbres; a primeira vez que Simon tinha entrado ali, em sua toca de menina, ele se colara à vidraça e depois virara de súbito para ela, a gente pode se ver, sabia, e tinha guiado com paciência seu olhar para que ela pudesse vislumbrar entre a marchetaria de superfícies cinzentas estendida abaixo uma porção cor de zinco entremeada de chaminés onde se empoleiravam as gaivotas: lá embaixo... E ela lança naquele ponto um olhar cheio de ternura.

Brigaram naquela noite. Entretanto, estavam ali, nus, um de frente para o outro, abraçados debaixo do edredom quente, tão afetuosos que continuavam a se acariciar depois de terem feito amor, e conversavam no escuro, estranhamente falantes, as palavras sempre mais límpidas nesses momentos; a chegada de uma mensagem de texto tinha rompido a calma, e o eco do sonar dessa vez não a fez rir, sendo percebido como uma intrusão hostil, a sessão de surf confirmada — seis horas na sua portaria. Ela não precisou que ele lesse o texto para saber do que se tratava, e compreender que aguardava esse sinal desde o início da noite, então algo nela se crispara, saltou da cama e de lábios cerrados começou a se vestir, calcinha, camiseta, o que você tem?, ele havia perguntado, apoiado no cotovelo, sobrancelhas franzidas — mas até parece que ele não sabia, não banque o inocente, deveria ter respondido, embora tenha se contentado em murmurar nada, nada, não tenho nada, enquanto o rosto se anuviava de amargura —, depois ele também tinha enfiado a roupa antes de ir ao seu encontro na cozinha, onde tudo se degenerara.

Hoje, no silêncio do apartamento vazio, debruçada sobre esse início de labirinto em três dimensões que monta em uma caixa de plexiglas, ela relembra, como pudera submeter-se assim àquele papel patético, o da mulher que fica em casa enquanto o homem sai para usufruir o mundo, àquela postura conjugal, àquele troço de adulto, de velho, quando tinha dezoito anos, e como pudera perder o controle a esse ponto, insistindo, ora amorosa, ora violenta, fica, fica comigo, usando entonações que não eram suas, mas as de uma atriz frágil e apaixonada, um clichê, lembrando-lhe que ficaria sozinha no fim de semana, os pais só voltariam no domingo à noite, então eles poderiam ficar juntos um tempão, mas Simon havia fincado o pé, é o surf, é assim, sempre decidimos no último instante, as sessões são assim, ele também bancando o homem, e ficaram imóveis, pés descalços nos ladrilhos, olhar duro e pele marmorizada; ele havia tentado abraçá-la, um impulso, as mãos tocando sua cintura fina sob a camiseta regata, os ossos dos quadris meio pontudos, mas ela o empurrara com um gesto bruto, tudo bem, vá, não vou te prender, tanto que ele tinha ido embora, ok, estou indo, e chegara a bater a porta depois de ter dito com um último olhar, telefono amanhã, e lançado um beijo da soleira.

Ela tem-se dedicado à construção de seu labirinto com regularidade desde a chegada do Natal; os alunos do último ano matriculados no curso de artes plásticas devem apresentar um projeto pessoal no final do ano letivo. Ela começou erguendo o volume de plexiglas de um metro cúbico; duas faces só seriam colocadas no final — havia estudado demoradamente as amostras de material antes de escolher —, e agora está construindo o interior. Diagramas em diferentes escalas estão presos com clipes acima da escrivaninha; ela os observa aproximando-se da parede, em seguida dispõe na bancada uma placa de papel pluma branco, arruma os lápis, duas réguas de metal, as borrachas limpas, um apontador e uma pistola de cola quente; depois vai ao banheiro lavar as mãos antes de calçar as luvas de plástico transparentes que a cabeleireira da rua lhe deu — elas estavam guardadas no carrinho da colorista, debaixo de potes de tintura, entre bobes de cabelo, prendedores multicoloridos e esponjas pequenas.

Ela começa, entalha a placa branca e, com o estilete, recorta lâminas de formas variadas que em seguida numera, acompanhando o padrão traçado milimetricamente com o objetivo de, uma vez finalizada a maquete, mostrar esse formato de estrela rizomático, esse complexo entrelaçamento em que cada caminho cruzará outro, onde não haverá nem entrada, nem saída, tampouco centro, mas uma infinidade de caminhos, conexões, entroncamentos, pontos de fuga e perspectivas. De tão absorta no trabalho, acaba por perceber um leve zumbido, como se o silêncio saturado vibrasse e criasse uma bolha protetiva ao seu redor, situada agora no centro do mundo; ela adora desenhar, manusear, cortar, colar, costurar, sempre adorou isso; o pai e a mãe muitas vezes relembram os mínimos trabalhos manuais que ela realizava antes mesmo de saber ler, os papeizinhos que rasgava e juntava ao longo do dia, os mosaicos de materiais costurados com grossos fios de lã, os quebra-cabeças, os móbiles cada vez mais sofisticados que equilibrava com massa de modelar; lembram-se então da criança criativa que era, minuciosa, apaixonada, uma menininha extraordinária.

A primeira vez que tinha mostrado a caixa transparente a Simon, e apresentado seu projeto, ele perguntara, perplexo: é uma planta do cérebro? Atônita, ela o tinha fitado e respondido segura de si, falando rápido: de certa maneira, é, é isso, é cheio de memória, coincidências, questões, é um espaço aleatório em que as coisas se encontram. Ela não soube dizer quanto a experiência importava para ela; cada sessão de trabalho provocava uma espécie de afastamento que a levava para longe, bem longe, em todo caso, das mãos agitando-se sob seus olhos, seu pensamento escapando à medida que as lâminas de cartão iam se amontoando na mesa e depois ocupavam seu lugar na caixa, coladas sobre a estrutura com gesto repetitivo — a pressão do indicador sobre o gatilho da pistola dosando com exatidão a quantidade dessa substância branca e quente cujo odor a deixava meio dopada —, arrastada devagar pela corrente rumo à entrada do labirinto, numa zona mental em que se misturavam a hiperprecisão da lembrança e as espirais do desejo, o grande devaneio, e sempre retornando a Simon no final da trajetória, reencontrando o traçado de sua tatuagem, as linhas e os pontos, as volutas finas caligrafadas com tinta verde, terminando inevitavelmente por trazer sua imagem à mente, estava apaixonada.

As horas se passam no quarto de Juliette e o labirinto branco abre pouco a pouco uma passagem para aquele dia de setembro, aquele primeiro dia, quando a matéria do ar tinha se estruturado gradualmente para que eles caminhassem finalmente lado a lado, como se partículas invisíveis se agregassem em torno deles sob o efeito de uma súbita aceleração, depois que seus corpos haviam assinalado um ao outro assim que ela cruzou o portão da escola, naquela linguagem do desejo, afônica e arcaica. E então, deixando suas colegas seguirem na frente, ela reduziu o passo para ficar sozinha na calçada quando Simon se aproximasse, pressentindo a presença no seu retrovisor mental, montado na bicicleta, pé direito no pedal esquerdo, depois deslizando para o chão para escoltá-la, empurrando sua bicicleta com uma das mãos apoiada no guidom, tudo isso para falar com ela, tudo isso para conversarem, você mora longe?, eu moro no alto, e você?, pertinho, logo depois da curva; a luz está incrivelmente clara depois do temporal e a calçada, salpicada de folhas amarelas arrancadas das árvores pela chuva; Simon arrisca uma olhadela de esguelha, a pele de Juliette está pertinho, sutilmente granulada sob o blush, sua pele é viva, seus cabelos são vivos, sua boca é viva, assim como o lóbulo de sua orelha furado com bijuterias; ela desenhou um traço de delineador compacto rente aos cílios, uma corça, você conhece François Villon, a *Balada dos enforcados*?; ele balança a cabeça, acho que não, naquele dia ela usa um batom framboesa, Irmãos humanos que ao redor viveis/ Não nos olheis com duro coração, já ouviu ou não?, já, mas não ouviu, não vê nem ouve nada, está cego, surdo, milhares de espelhos se formaram sobre as vibrantes gotas d'água; inclinam a cabeça para o chão e deslizam em zigue-zague entre as poças, a bicicleta tinindo em uníssono com o resto, cada palavra e cada gesto sobrecarregados de audácia e de pudor, como duas faces do mesmo evento, uma eclosão, estão contidos na luz de uma claraboia, sobem a avenida como príncipes, visivelmente entusiasmados mas seguindo no passo mais lento possível, *pianissimo,*

pianissimo, pianissimo, allargando, engolfados no assombro que representam um para o outro, a delicadeza é incrível, quase molecular, e o que circula entre eles pulsa num tempo rodopiante, deixando-os sem fôlego no sopé do funicular, o sangue lateja nas veias temporais e as mãos estão úmidas, pois tudo parece prestes a se desagregar agora, e no instante em que o apito assinala a partida do trem, ela lhe beija a boca, um beijo ultrarrápido, um piscar de olhos, e upa, ela salta no vagão, onde se volta e se cola à vidraça, a testa feito ventosa no vidro sujo, ele a vê sorrir, depois beijar o vidro pressionando os lábios, os olhos fechados, as mãos espalmadas na parede de vidro, as linhas violáceas, códigos das palmas bem visíveis, depois ela se volta enquanto ele fica petrificado, o coração incrivelmente dilatado, o que está acontecendo?, o funicular se afasta e avança ladeira acima, ofegante, obstinado, e Simon decide fazer exatamente a mesma coisa porém melhor; engrena sua bicicleta e começa a ascensão da colina, a grande curva fechada aumenta a distância, mas ele pedala a toda velocidade, inclinado como um ciclista na corrida, a mochila formando uma corcova nas costas, então o céu fica sombrio, as sombras no chão desaparecem, a chuva de novo, uma chuva marítima, pesada, em alguns minutos o asfalto alaga e a calçada derrapa, enquanto Simon muda de marcha e de pé como um dançarino corcunda, cego pelas gotas líquidas em suspensão ao longo do arco das sobrancelhas, mas tão feliz que nesse instante poderia erguer a cabeça para o céu, abrir a boca e beber tudo o que escorre do alto; com os músculos das coxas e das panturrilhas retesados pelo esforço, os antebraços doídos, ele cospe, sopra, mas encontra em si o ímpeto necessário para descrever o movimento certo na última curva, posicionado em um ângulo tão exato que ganha velocidade, alcança o topo sem precisar pedalar, avança para a estação do funicular quando a máquina freia com um rangido estridente, derrapa na frente das portas, encharcado, pingando, desce da bicicleta, e curvado, mãos nos joelhos, cabeça voltada para o chão, baba nos lábios, mechas de cabelos colados por todo o rosto ao estilo de um jovem marechal do Império, encosta a bicicleta num banco e recupera o fôlego, abre o casaco, os primeiros botões da camisa, o ritmo do coração diminui gradualmente sob a tatuagem exposta, é um coração de nadador em alto-mar, um coração de atleta com um pulso, em repouso, inferior a quarenta batimentos por minuto, bradicardia de extraterreste, porém, mal Juliette passou pela roleta da saída, tudo volta a acelerar, uma onda, um caixote; ele caminha na sua direção, mãos nos bolsos e cabeça baixa. Ela sorri, e tira a capa de chuva e a levanta, os braços no ar, é um toldo, um guarda-chuva, um dossel, um painel fotovoltaico capaz de captar todas as cores do arco-íris, e frente a frente ela se ergue na ponta dos pés para cobri-lo, e ela e ele, os dois contidos no odor adocicado de plástico, os rostos avermelhados sob o tecido impermeável, os cílios azul-marinho, os lábios violeta, as bocas apaixonadas e a língua de uma infinita curiosidade. Encontram-se debaixo da lona como debaixo de uma tenda onde tudo ressoa, o ruído da chuva batendo acima deles e formando o fundo sonoro contra o qual podem ser ouvidos as respirações e os chiados de saliva. Estão debaixo da lona como debaixo da superfície da terra, imersos num espaço úmido e molhado onde coaxam os sapos, onde rastejam os caramujos, onde magnólias, folhas marrons, bulbos de tília, e agulhas de pinho se estragam e viram húmus, onde pedaços velhos de chicletes e guimbas de cigarro embebidas de chuva mofam lentamente, eles estão ali como sob um vitral que recria o dia terrestre, e o beijo não tem fim.

Ofegante, Juliette levanta a cabeça, a luminosidade baixou, ela acende a luz e estremece; à sua frente, o labirinto aumentou. Ela dá uma olhada no relógio, daqui a pouco são cinco da tarde. Simon não vai demorar a dar sinal.

Quando saem, eles são surpreendidos pelo céu refratário, lívido, nuances de leite sujo, tanto que baixam a cabeça, grudam o olhar na ponta dos sapatos, caminhando lado a lado até o carro, mãos nos bolsos, nariz, bocas e queixos enfiados nas echarpes, nas golas. O carro está gelado, Sean assume o volante e saem devagar do estacionamento — quantas vezes essa babaquice de barreira hoje? Pegam estradas secundárias, não querendo afastar-se do hospital, apenas subtrair-se do mundo por um tempo, mergulhar abaixo da linha d'água desse dia impensável, desaparecer num espaço indeterminado, fibroso, em uma "infrageografia" diáfana, à imagem de sua prostração.

A cidade se estende, fica menos densa, os últimos bairros desfiam seus contornos, as calçadas se afastam, não há mais cercas, apenas altas telas de arame, alguns depósitos e resíduos de velhas implantações urbanas enegrecidas sob as estradas paralelas dos pedágios de autoestrada. Depois, são os contornos do terreno que determinam sua trajetória, guiando-os à deriva como linhas de forças, eles seguem pela estrada embaixo de falésias, ladeiam essa encosta lotada de cavernas onde perambulam vagabundos isolados e gangues de moleques — fumando maconha e grafitando —, eles passam pelas casas escondidas ao pé da colina, pela refinaria de Gonfreville-l'Orcher, afinal viram na direção do rio, como se arrebatados pela súbita fenda do espaço, e agora chegam ao estuário.

Seguem ainda dois ou três quilômetros, depois o asfalto termina, desligam o motor: ao redor, o vazio, o abandono, um espaço situado entre a zona industrial e o campo de pastagem, e é difícil compreender por que eles param ali sob um céu ressequido de nuvens densas, rápidas, deformadas acima das chaminés da refinaria e depois expandidas em manchas mornas, destilando poeira e monóxido de carbono, um céu apocalíptico. Mal estacionaram no acostamento, Sean tira o maço de Marlboro e começa a fumar sem sequer abrir a janela. Eu achei que você tinha parado. Marianne pega suavemente o cigarro para dar uma tragada — ela fuma de um jeito especial, palma sobre a boca, dedos fechados e cigarro preso na junção do metacarpo —, exala a fumaça sem tragar, depois o recoloca entre os dedos de Sean; não, murmura ele, não estou com vontade. Ela se remexe no assento: você ainda é o único cara do mundo que escova os dentes com o cigarro na boca? — verão de 1992, um acampamento no deserto perto de Santa Fé, a aurora *tie and dye*, entre o vermelho-coral e o rosa-araucária, uma fogueira azulada, uma fatia de bacon crepitando numa frigideira, café em latas de metal, o medo dos escorpiões escondidos na sombra fria dos seixos, a música de *Rio Bravo* — *My Rifle, My Pony and Me* — cantada em dueto, e Sean, o cabo da escova de dentes borrado de pasta no canto da boca e na outra extremidade do sorriso um primeiro Marlboro — ele meneia a cabeça: *yes* — a tenda canadense gotejante de orvalho, Marianne nua debaixo do poncho franjado, os cabelos compridos até a bunda, lia, exagerando no tom declamatório, uma coletânea de poemas de Richard Brautigan encontrada na traseira do ônibus Greyhound que os deixara em Taos.

Eu não devia ter feito aquela prancha para ele. Sean demora a amassar a guimba no cinzeiro, de supetão se curva sobre o volante e dá uma cabeçada, *bum*, a testa bate com violência na borracha. Sean!, grita Marianne surpresa, mas ele recomeça, acelera, golpes repetidos, sempre no mesmo ponto da testa, *bum, bum, bum*, pare, pare já com isso; Marianne o agarra pelo ombro tentando imobilizá-lo, segurá-lo, mas ele a empurra com uma cotovelada; banida, sua costela direita bate na porta e, enquanto se recompõe, ele agarra o volante com os dentes, morde a borracha, solta um urro ensurdecedor, um urro selvagem e triste, uma coisa insuportável, um grito que ela não quer ouvir, tudo menos isso, ela quer que ele se cale, então o segura pela nuca, enfia os dedos com força em seus cabelos, na pele de seu crânio, e grita com os dentes trincados: pare com isso agora!, e o puxa para trás até seus maxilares soltarem o volante, até suas costas baterem no encosto do assento, até sua cabeça empacar e estabilizar-se contra o apoio, olhos fechados, a testa vermelha machucada pelo impacto entre os olhos, até o urro transformar-se em lamento; então, trêmula, ela o solta, murmura, não diga isso, não se machuque, olhe só sua mão, ela abaixa a cabeça, vê seus dedos agarrados aos joelhos como pinças: Sean, não quero que a gente enlouqueça; nesse exato instante, é possível que fale consigo mesma, medindo a loucura que cresce dentro dela, dentro deles, a loucura como única forma de pensamento possível, como única saída racional desse pesadelo de magnitude desconhecida.

Eles afundam juntos, encolhidos dentro do carro, mas esse aparente retorno à calma não passa de ilusão, pois o lamento de Sean está se insinuando na mente de Marianne, que de repente imagina como poderia ter sido esse domingo sem o acidente, sem a fadiga, sem o surf, sem essa droga de paixão pelas malditas ondas, e ao cabo dessa linha de pensamentos sombrios, puxada por uma mão frágil, há Sean, sim, Sean, ele mesmo, ele, ele é quem tinha encorajado essa inclinação, ele lhe dera vida e alimentara, as canoas, os maoris, as tatuagens, as pranchas de madeira, o oceano, a migração para as terras novas, a osmose com a natureza, todo esse emaranhado mítico que soubera fascinar seu filhinho, todo esse imaginário em cinemascope no qual ele havia crescido; ela trinca os dentes, gostaria de bater nesse homem ao seu lado, nesse homem que está gemendo. Lembra-se de quando ele e Simon partiam juntos para entregar esquifes, excluindo-a e também a Lou, "as meninas", era a noite dos esportes extremos, uma noite imperdível, e mais tarde Simon começara a correr riscos, saindo cada vez com mais frequência para surfar em águas ao mesmo tempo frias e tempestuosas demais sem que o pai jamais dissesse nada, pois era um pai lacônico e solitário, um pai enigmático que se isolara deles a ponto de um dia, apesar de amar aquele homem, ter-lhe dito vá embora, não quero mais viver com você, não assim, merda; sim o surf, que loucura, que loucura perigosa, e como ela, Marianne, pudera deixar crescer a esse ponto em sua própria casa esse vício pelas sensações fortes, deixar seu filho cair nessa espiral de vertigem, a espiral do tubo, essa babaquice, sim, ela também não tinha feito nada, não soubera dizer nada quando o filho passara a viver de acordo com os caprichos das condições meteorológicas, deixando tudo de lado, deveres e todo o resto, em nome das ondas, às vezes levantando às cinco da manhã para procurar uma onda a cem quilômetros, apaixonada por Sean, ela não tinha feito nada, sem dúvida ela mesma fascinada por esse imaginário deteriorado, o homem que constrói barcos e fogueiras na neve, conhece os nomes de todas as estrelas e de todas as constelações do céu, assobia melodias complexas, maravilhada por seu filho poder viver tão intensamente, orgulhosa por ele se destacar, é isso, eles não tinham feito nada, não souberam proteger o filho.

A condensação que se formou nas janelas começa a gotejar quando Marianne declara: o surf foi o que você deu de mais lindo a Simon. Ele suspirou, não sei mais nada, e ambos se calaram. A coisa melhor foi o processo de fabricação em si, o que esse processo tinha mudado dentro dele, o uso de espumas e resinas em vez de madeiras leves usadas para construir canoas. No início de dezembro, ele descera até a região de Landes para buscar placas de poliestireno com um *shaper* da costa — o homem, um cinquentão com corpo de faquir, barba e rabo de cavalo grisalhos, bermuda taitiana, jaqueta térmica e chinelos fluorescentes, lenço apache vermelho amarrado na testa: em resumo, um velho hippie que mal falava e evitava qualquer contato visual, que surfava sempre que possível, a tela luminescente de uma estação meteorológica portátil informando sem interrupção as previsões dos ventos e das ondas —, Sean havia refletido bastante antes de escolher esses materiais desconhecidos, estudado a densidade, a resistência, optara pela espuma de poliestireno prensado em vez de poliuretano, escolhera a resina epóxi em vez da resina poliéster mais barata, observara demoradamente o trabalho do *shaper* enquanto ele aplainava e lixava a superfície, carregara tudo em sua perua, voltando à noite pela autoestrada, pensando na fabricação da prancha, traçando mentalmente sua forma, obcecado com a solidez, e tudo isso em segredo.

Saíram do carro para fazer uma caminhada, vamos lá fora, disse Marianne, abrindo a porta. Deixaram o carro na trilha, estacionado perto dos arbustos, cujas raízes cruzavam seus arcos espinhosos no solo, e atravessaram um campo, passando, um após o outro, por baixo da cerca de arame farpado — primeiro ela, depois ele, um pé, outro, costas retas, cada um afastando o arame acima da cabeça do outro, abaixo da barriga, cuidado com os cabelos, com o nariz, com os olhos, cuidado com o tecido do casaco.

Arvoredo e campos invernais. O terreno do campo é uma sopa fria que faz plofe-plofe debaixo das solas, a grama é dura e o estrume de vaca endurecido pelo orvalho forma aqui e ali placas escuras, os álamos lançam suas garras ao céu, os galhos cheios de corvos grandes como galinhas; tudo isso é um pouco demais, pensa Marianne, é excessivo, a gente vai morrer de frio aqui.

Finalmente, chegam a um ponto onde veem o rio, a vastidão do céu os deixa sem palavras. Eles estão sem fôlego, os pés encharcados, mas avançam na direção da margem, pertinho da borda, como se hipnotizados, só param quando o terreno começa a afundar devagar na água escura congestionada de ramos moles e troncos em decomposição, com cadáveres de insetos que o inverno matou e deixou apodrecer, um lodo salobro, completamente imóvel, um lago de conto de fadas além do qual o estuário é lento, fosco, a palidez da sálvia, o drapeado de uma mortalha. Atravessar parece possível mas perigoso, não há nenhuma ponte de madeira para sustentar essa fantasia, nenhuma barca amarrada para enfrentar a ameaça, nenhum moleque com os bolsos cheios de calhaus achatados brincando de fazer ricochete na superfície da água, fazendo os gênios aquáticos que povoam aquele lugar dançarem; eles estão presos ali pelas águas hostis, as mãos enfiadas nos bolsos e os pés na lama, parados diante do rio, queixos enfiados nas golas. Marianne pensa, que merda estamos fazendo aqui?, apesar da vontade de gritar, a boca escancarada não emite nenhum som, nada, como num pesadelo. Mas então, à esquerda, avistam um barco escuro, única embarcação visível rio acima ou abaixo, um barco solitário que, com sua presença, destaca a ausência de todos os outros.

Não quero que abram seu corpo, que o esfolem, não quero que o esvaziem. A pureza cromática da voz de Sean, sem entonação, afiada pelo frio como lâmina nas cinzas. Marianne enfia a mão esquerda no bolso direito da parca de Sean, o indicador e o médio atingem o buraco negro de seu punho, abrindo-o, cavando bastante espaço para o anular e o mindinho também entrarem, tudo isso sem que Sean mova a cabeça. À sua esquerda, o zunido do cargueiro se aproxima e a cor do casco se define, um vermelho untuoso, a cor exata do sangue seco. É um barco carregado de grãos, desce o rio rumo ao mar, seguindo na mesma direção enquanto ali tudo se expande — confluência das águas e das consciências — na direção do largo e do informe, na direção do infinito do desaparecimento. E, de repente, fica enorme, fora de escala e tão próximo que imaginam poder tocá-lo estendendo o dedo; passa projetando sobre eles sua sombra fria, as águas se agitam, enrugam-se e se turvam, e Marianne e Sean o seguem com os olhos — cento e oitenta metros, trinta mil toneladas no mínimo —, ele desfila, cortina vermelha deslizando progressivamente sobre a realidade, e não se sabe o que pensam nesse segundo, sem dúvida pensam em Simon, onde estava antes de nascer, onde está agora, ou talvez não pensem em nada, capturados pela única visão desse mundo que se oculta pouco a pouco para surgir de novo, tangível, absolutamente enigmática, e a proa da embarcação fendendo a água afirma o fulgurante presente da dor do casal.

O rastro borbulha e acalma, alisa. O cargueiro se afasta e com ele o barulho e o movimento, o rio retoma sua textura inicial, o estuário abrasa inteiro, um esplendor. Marianne e Sean se voltam um para o outro, as mãos dadas, os braços estendidos afastados do corpo, e se acariciam com o rosto — o que poderia ser mais terno do que esse roçar de pele na pele, as arestas ossudas do maciço facial deslizando sob a carne —, e acabam por se equilibrar testa contra testa, e as palavras de Marianne formam uma impressão digital no ar estático.

Não vão fazer mal a ele, não vão fazer mal nenhum a ele. A voz de Marianne soa abafada, como se filtrada por um véu; e Sean solta suas mãos para tomá-la nos braços, seus soluços prolongam os sopros da natureza, ele aquiesce, está bem, precisamos voltar agora.

— Ele é doador.

É Sean quem faz essa declaração, e Thomas Rémige levanta de supetão da cadeira, titubeante, rosto vermelho, o tórax em expansão sob o efeito de um influxo de calor, como se o sangue tivesse acelerado. Ele se aproxima, de repente para. Obrigado. Marianne e Sean baixam os olhos, fincados como estacas na soleira do escritório, sem palavras, seus sapatos sujando o piso de esterco e grama escura, quase incapazes de compreender o que acabaram de fazer, de dizer — doador, doador, doar, abandonar, as palavras se entrechocam no vazio de seus tímpanos, série ininterrupta de estalos. O telefone toca, é Révol, Thomas logo anuncia, está tudo certo, três palavras rápidas em linguagem cifrada que Sean e Marianne não entendem, os acrônimos e a velocidade da oratória pensadas para confundir a compreensão, e logo deixam o escritório da coordenação para voltar à sala onde são recebidos. Révol está lá à espera. Agora estão os quatro na sala e o diálogo começa de novo, imediatamente, com Marianne perguntando: e agora, o que vai acontecer agora?

São cinco e meia. A janela do aposento está aberta, como se fosse necessário receber ar fresco em substituição ao ar exaurido e viciado de suspiros, lágrimas, suores do diálogo anterior. Lá fora, uma faixa de gramado perpendicular ao muro, uma calçada de cimento, e entre as duas uma sebe da altura de um homem. Thomas Rémige e Pierre Révol tomam lugar nas cadeiras vermelho-mercúrio, enquanto Marianne e Sean voltam para o sofá verde-maçã, a angústia palpável — sempre esses olhos arregalados causando um franzir de testa e aumentando o branco em torno das pupilas, sempre esses lábios entreabertos, prontos para gritar, os corpos retesados pela espera, pelo medo. Não sentem frio, ainda não.

Vamos proceder a uma avaliação completa dos órgãos e transmitir esses dados ao médico do Sistema Nacional de Transplantes, que, em função dessas informações, pode propor uma ou várias retiradas, em seguida organizaremos a intervenção no nosso centro cirúrgico. O corpo de seu filho será devolvido aos senhores amanhã de manhã, disse Révol, acompanhando cada avanço de frase com um gesto de mão, traçando no ar as etapas da próxima sequência. As palavras de Révol contêm muitas informações, embora eles também apresentem lacunas, zonas opacas que catalisam o medo dos dois: a intervenção em si.

Sean de repente toma a palavra: o que vão fazer com ele, em termos concretos? Ele faz a pergunta claramente, não num balbuciar estrangulado, mostrando a coragem de um soldado de partida para o front, oferecendo o peito à metralhadora, enquanto Marianne trinca os dentes na manga do casaco. O que acontecerá esta noite no enclave do centro cirúrgico, a ideia que eles fazem, esse retalhamento do corpo de Simon, sua dispersão, tudo isso os assusta, mas querem saber. Rémige respira fundo antes de responder: fazemos a incisão no corpo, retiramos, fechamos. Verbos simples, verbos de ação, informações atonais para se contrapor à dramatização ligada à sacralidade do corpo, à transgressão de sua abertura.

São os senhores que operam? Sean ergueu a testa — sempre essa impressão de que ele vai atacar por baixo, como um boxeador. Por osmose, Révol e Rémige discernem nessa interrogação a ponta visível de um continente de terror arcaico: ser declarado morto pela própria boca dos médicos quando ainda se está vivo; nesse escritório, lembrem-se, Révol conserva um exemplar do romance policial de Mary Higgins Clark, *Revelação ao luar*, que evoca uma prática funerária que antigamente era comum na Inglaterra: um anel colocado no dedo da pessoa enterrada e ligado a um cordãozinho permite acionar uma sineta na superfície caso ela acorde debaixo da terra. As definições dos vários critérios da morte, elaboradas para permitir a retirada dos órgãos, contribuem para esse medo ancestral. O enfermeiro se volta para Sean e, com o polegar e o indicador, inscreve no ar um sinal solene: os médicos que constatam a morte do paciente jamais participam do procedimento de retirada, jamais; além disso — o som sai mais firme, a voz mais grave —, sempre há um procedimento duplo, dois médicos observam o mesmo protocolo e duas assinaturas distintas são exigidas no certificado atestando o falecimento. Isso elimina a possibilidade de um médico criminoso que, deliberadamente, decreta a morte de seu paciente para melhor despojá-lo em seguida, destrói os rumores que associam a máfia médica ao tráfico internacional de órgãos, consultórios invisíveis localizados nas periferias labirínticas de Pristina, Daca e Mumbai e discretas clínicas protegidas por câmeras, sombreadas por palmeiras, implantadas nos bairros elegantes das metrópoles ocidentais. Rémige conclui, lentamente: os cirurgiões encarregados da remoção dos órgãos virão dos hospitais nos quais se encontram os pacientes à espera de transplantes.

Torrente de silêncio, depois de novo a voz de Marianne, abafada como se falasse através de uma bolsa gular: mas então quem vai estar com Simon? — um "quem" enfatizado, nu. Eu, Thomas responde, estou aqui, estarei aqui durante todo o tempo da operação. Marianne move lentamente seu olhar na direção dele — a transparência de vidro esmagado —, então é o senhor quem vai dizer que a gente não quer que tirem os olhos, o senhor vai dizer. Thomas aquiesceu, eu direi, sim. Levanta-se, mas Sean e Marianne aguardam imóveis, uma força pesa sobre seus ombros e os mantém presos ao chão, ao cabo de um tempo Marianne recomeça: a gente não sabe quem vai receber o coração de Simon não é, é anônimo, a gente nunca vai saber, né?, e Thomas concorda com essas afirmações indagativas, compreende a hesitação, mas esclarece: poderão saber o sexo e a idade do receptor, sim, mas jamais sua identidade; no entanto, se desejarem, podem ter notícias do transplante. Esclarece mais: se o coração for finalmente transplantado, será enxertado em um paciente obedecendo a critérios médicos, critérios de compatibilidade que nada têm a ver com o sexo, mas, levando em conta a idade de Simon, seus órgãos deveriam prioritariamente ser oferecidos a crianças. Sean e Marianne escutam, consultam-se em voz baixa. Sean toma a palavra: no momento queremos voltar para junto de Simon.

Requisitado em outros locais da unidade, Révol se levanta; Thomas acompanha Marianne e Sean até a porta do quarto, caminham calados, vou deixá-los com Simon, volto mais tarde.

A noite que cai escurece o aposento, e o silêncio parece ainda mais espesso. Aproximam-se da cama com suas dobras imóveis. Sem dúvida, tinham imaginado que o anúncio da morte de Simon representaria uma alteração de sua aparência, ou ao menos algo em seu aspecto se teria modificado desde a vez precedente — cor da pele, textura, brilho, temperatura. Mas não, nada, Simon está ali, idêntico, os micromovimentos de seu corpo continuam a levantar suavemente o lençol. O que eles sofreram não encontra correspondência nenhuma ali, não há réplica nem reflexo, e isso é um golpe tão violento que o pensamento se confunde, eles ficam agitados, balbuciam, falam com Simon como se ele pudesse ouvi-los, falam dele como se ele não pudesse mais ouvi-los, parecem debater-se para manter o uso da língua enquanto suas frases se desarticulam, as palavras se entrechocam, se fragmentam e entram em curto-circuito, enquanto suas carícias se transformam em colisões e depois em respirações, sons e sinais, logo reduzindo-se a um contínuo zumbido nas caixas torácicas, uma imperceptível vibração, como se agora tivessem sido expulsos de toda a linguagem, e seus atos não encontrassem mais nem tempo nem lugar para se inscrever, e então, perdidos nas rupturas da realidade, desaparecidos em suas fendas, eles mesmos fendidos, destroçados, desunidos, Sean e Marianne encontram forças para se debruçar sobre o leito, aproximar-se o máximo possível do corpo do filho, Marianne terminando por se deitar na beirada da cama, os cabelos caídos ao lado, enquanto Sean, apoiado no colchão, se inclina e repousa a cabeça no torso do filho, a boca no exato local da tatuagem, e juntos os pais fecham os olhos e se calam como se também dormissem; a noite caiu e eles estão no escuro.

Dois andares abaixo, Thomas Rémige está contente por estar sozinho e poder se concentrar, organizar seus pensamentos e ligar para o Sistema Nacional de Transplantes: o próximo passo é uma avaliação avançada dos órgãos. A mulher que atende o telefone é uma das fundadoras da organização,

Thomas reconhece sua voz baixa, áspera, visualizando-a no centro de uma sala de aula, mesas configuradas em U, as correntes com grandes argolas de plástico do cordão dos óculos cor de âmbar mascarando seu rosto — depois ele se senta na frente do computador e, obedecendo a um processo labiríntico que envolve inserir uma grande quantidade de números de identificação e de senhas codificadas, abre um programa na base de dados, cria um novo documento no qual reporta com atenção a totalidade dos dados referentes ao corpo de Simon Limbres: é o dossiê Cristal, arquivo e ferramenta do diálogo que tece no momento com o Sistema Nacional, garantia do acompanhamento do transplante e do anonimato do doador. Ele levanta a cabeça: um pássaro saltita no parapeito da janela, sempre o mesmo pássaro de olhar parado e arregalado.

No dia em que Thomas adquiriu o pintassilgo, Argel estava sufocando sob uma nuvem de vapor; no interior do apartamento com persianas índigo, Hocine se abanava, estirado no sofá, as pernas nuas sob uma *djellaba* listrada.

A escada era pintada de azul e cheirava a cardamomo e cimento, Ousmane e Thomas subiram os três lances na penumbra, placas de vidro fosco sobre o teto filtravam uma luz amarela e trêmula que mal iluminava o térreo. Thomas fica sentado em silêncio enquanto os primos se cumprimentam, abraçando-se calorosamente, em seguida uma rápida conversa em árabe que soa como o barulho de pistaches partidos com os dentes. Ele não reconhece o rosto de Ousmane quando ele fala sua língua nativa: queixo retraído, gengivas descobertas, olhos revirados e sons vindos do fundo da garganta, provenientes de uma zona complicada atrás das amígdalas, novas vogais retidas seguidas de estalos sob o palato: é quase outro, quase um estranho, e Thomas fica perturbado. A conversa assume um ritmo diferente quando Ousmane anuncia em francês o motivo da visita: meu amigo gostaria de ouvir os pintassilgos. Ah, Hocine se vira para Thomas, e talvez adotar um?, pergunta piscando com exagerada esperteza. Talvez. Thomas sorri.

Tendo chegado na véspera, depois de atravessar o Mediterrâneo pela primeira vez, o jovem fica enfeitiçado pela baía de Argel, recurvada à perfeição, e pela cidade estendendo-se atrás, pelos brancos e azuis, pela multidão de jovens, pelo odor das calçadas borrifadas, pelos dragoeiros no Jardin d'Essai, seus galhos entrecruzados criando uma abóbada de conto fantástico. Uma beleza pouco voluptuosa, mas decapada. Ele está inebriado, sensações novas o instigam e o transtornam, misto de excitação sensorial e de hiperconsciência quanto a tudo o que o cerca: a vida está ali sem filtro, assim como ele. Ele bate euforicamente na protuberância na altura do bolso, formada pelas notas enroladas num lencinho.

Hocine entra na varanda, empurra as persianas e se debruça para a rua, bate palmas, dispara ordens, Ousmane grita de novo em árabe, parece implorar, não, por favor, não peça nada, mais eis que surgem sopas e espetinhos, pratos de grãos leves como espuma, saladas de laranja com menta e bolos de mel. Depois da refeição, Hocine instala as gaiolas sobre os ladrilhos de cerâmica que cobrem o chão, usando os desenhos para alinhá-las com precisão. Os pássaros são minúsculos — doze a treze centímetros —, e são só gargantas, abdomens desproporcionais, a plumagem não é nada espetacular, as patas palitos e sempre esse olhar parado. Balançam devagar pousados sobre pequenos trapézios de madeira. Thomas e Ousmane se mantêm agachados a um metro das gaiolas, enquanto Hocine desaba em um pufe no fundo do aposento. Ele emite um grito comparável ao yodel e o recital começa: os pássaros cantam, um de cada vez, depois todos juntos — um cânone. Os dois rapazes não ousam olhar um para o outro, tocar-se.

Entretanto, diziam que o pintassilgo estava desaparecido da face da terra. O da floresta de Baïnem, o de Kaddous e o de Dely Brahim, o de Souk Ahras. Não existiam mais. Uma caça intensiva ameaçava de extinção essas populações outrora tão densas. Nas portas das habitações da Casbah, as gaiolas suspensas rangiam vazias, enquanto as dos comerciantes agora se guarneciam de canários e periquitos, mas nada de pintassilgos, a não ser os escondidos na escuridão no fundo das lojas, guardados como tesouro, o valor do pássaro inflando de acordo com a raridade — a lei do capitalismo. Talvez ainda pudessem comprá-los na sexta à noite em El-Harrach, a leste da cidade, mas todos sabiam que os espécimes ali exibidos, assim como os do mercado de Bab el-Oued, jamais tinham voado nas colinas argelinas ou se aninhado nos galhos de pinheiros e sobreiros que lá cresciam, nem haviam sido capturados à maneira tradicional, com cola, as fêmeas soltas no ato para assegurar a reprodução, pois não cantavam. Os pintassilgos vinham da fronteira marroquina, da região de Maghnia, onde eram caçados aos milhares, capturados através de redes que não distinguiam entre fêmeas e machos, em seguida transportados ilegalmente para a capital onde sujeitos oportunistas com menos de vinte anos, jovens desempregados que abandonavam seus trabalhos sem futuro e se entregavam a uma competição feroz para se imiscuir no tráfico, atraídos pelas possibilidades de lucro, sujeitos que não entendiam nada de pássaros — aliás, a maioria dos espécimes presos nas redes morria de estresse durante o transporte.

Hocine criava pássaros caros atrás da Place des Trois-Horloges, pintassilgos da Argélia, os verdadeiros. Sempre mantinha ao menos uma dezena e nunca tivera outra profissão, gozando do status de especialista em toda Bab el-Ouest e além. Conhecia todas as espécies, suas características e metabolismos, podia dizer de ouvido a proveniência do pássaro, até o nome de sua floresta natal; vinham de longe requisitar seus serviços, autenticar, avaliar, apontar falsificações — espécimes marroquinos vendidos como argelinos por valores eventualmente dez vezes superiores, fêmeas vendidas como machos. Hocine não trabalhava com as redes, caçava ele mesmo, sozinho, com cola, partia por vários dias em excursão, alegava ter "seus" cantos nos vales de Bejaia e de Collo, e ao regressar passava a maior parte do tempo avaliando suas presas. A superioridade de um pintassilgo sobre outro se media pela beleza de seu canto, ele se empenhava em lhes ensinar árias — os de Souk Ahras tinham a reputação de poder memorizar uma grande quantidade —, então usava um velho toca-fitas que pela manhã repetia a melodia sem parar, não concordando com os métodos dos criadores mais jovens — cobrir a gaiola e fazer duas fendas onde colocavam fones de ouvido MP3 para funcionar a noite inteira. Mas o interesse do pintassilgo ia além da musicalidade de seu canto e se devia sobretudo à geografia: o canto materializava um território. Vale, cidade, montanha, bosque, colina, riacho. Ele fazia surgir uma paisagem, evocava uma topografia, fazia sentir um solo e um clima. Uma peça do quebra-cabeça planetário assumia forma em seu bico e, como a bruxa do conto de fadas cuspia sapos e diamantes, como o corvo da fábula soltava o queijo, o pintassilgo expectorava uma entidade sólida, perfumada, tátil e colorida. Era assim que os onze pássaros de Hocine, uma grande variedade, devolviam a cartografia sonora de um território vasto.

Seus clientes, homens de negócios engravatados e óculos escuros com armações douradas, os pescoços enfiados em ternos cinza-claro ou bege, apareciam na sua casa em plena tarde como drogados com síndrome de abstinência. Os pássaros cantavam, os compradores recordavam as caminhadas de sandálias sobre as agulhas de pinheiros, punhados de ciclamens e de lactários rosados; eles se desabotoavam, tomavam limonada, e, como o canto determinava o valor de um pássaro em relação a outro, os preços eram negociados. Hocine vivia bem. Um dia, o jovem herdeiro de uma empresa petrolífera trocou seu carro, um Peugeot 205 GTI, pelo último pintassilgo de Baïnem, no qual Hocine jamais tinha posto as mãos antes, um triunfo que gerou a lenda de criador por outro lado estoico: o pássaro, mais fabuloso que o *djinn* dos contos ou o gênio da lâmpada maravilhosa, valia isso, não era apenas um pássaro, mas uma floresta ameaçada e o mar que a margeava, e tudo o que a povoava, parte do todo, a Criação em si, a infância.

Após o concerto, teve início a negociação. De qual você gosta? Hocine interrogou Thomas — falava pertinho do seu rosto. Ousmane olhava o amigo, divertido, deleitando-se com aquela cena. De qual você gosta, diz, não tenha medo, eu gosto de todos! Thomas apontou uma gaiola — no interior o passarinho parou de se balançar. Hocine deu uma olhada para Ousmane e meneou a cabeça. Trocaram algumas palavras em árabe. Ousmane começou a rir. Achando que zombavam dele, Thomas recuou um passo atrás das gaiolas. O silêncio se dilatou no aposento, a mão de Thomas escorregou no bolso, os dedos se mexeram no lenço. Bateu os pés ostensivamente, sem ousar dizer vamos. Hocine lhe anunciou o preço do pássaro que ele escolhera. Ousmane explicou baixinho, é um pássaro de Collo, freixos, olmos, eucaliptos, é novo, você vai poder criá-lo, ensiná-lo, é um pássaro da minha aldeia. Thomas, de súbito maravilhado, acariciou as costas do passarinho através das barras da gaiola, refletiu demoradamente, depois desenrolou o rolo de notas, espero que tenha recebido sua comissão, disse a Ousmane ao descerem as escadas.

Sean e Marianne saem do quarto. Thomas está à espera na porta. Abrem a boca mas permanecem em silêncio, é como se quisessem falar algo — algo combinado entre eles —, então Thomas os encoraja, estou escutando, estou aqui para isso, e Sean articula com dificuldade seu pedido: o coração de Simon, no momento de, diz a Simon, quando forem parar o coração dele, eu quero que vocês falem que estamos com ele, que estamos pensando nele, nosso amor, e Marianne intervém: e Lou, e Juliette também, e a Vovó; Sean continua: é para ele ouvir o barulho do mar, estende a Thomas um iPod com fones de ouvido, faixa 7, é só apertar o play, é para ele escutar o mar — estranhos *loops* nos cérebros —, e Thomas concorda em cumprir esses ritos, prometo, pode deixar.

Fazem menção de se afastar, mas Marianne se volta uma última vez para o leito e o que a paralisa é a solidão que emana de Simon, agora tão só quanto um objeto, como se desembaraçado de sua parte humana, como se já não estivesse mais conectado a uma comunidade, inserido em uma rede de intenções e de emoções, mas errasse metamorfoseado em uma coisa absoluta, Simon está morto, ela pronuncia essas palavras pela primeira vez, de súbito horrorizada, procura Sean mas não o vê, se precipita no corredor, descobre-o prostrado, acocorado contra a parede, ele também irradiado pela solidão de Simon, ele também consciente de sua morte. Ela se agacha na frente dele, curva as mãos sob seu queixo e tenta levantar-lhe a cabeça, venha, venha, vamos embora daqui, quando o que gostaria de lhe dizer é: acabou, venha, Simon não existe mais.

O celular toca, Thomas lê a mensagem no visor, apressa o passo na direção de seu escritório, de repente resolve avançar sem mais demora, e caminhando ao seu lado Sean e Marianne captam essa aceleração, compreendem por instinto que devem afastar-se e de repente sentem frio, esses mesmos corredores superaquecidos que lhes ressecam a pele e deixam a boca sedenta transformaram-se em aleias congeladas onde abotoam os casacos, sobem as golas. O corpo de Simon será escamoteado, vai desaparecer num lugar secreto de acesso restrito — o centro cirúrgico —, onde será operado, aberto, despojado de seus órgãos, fechado, costurado e por um tempo — uma noite — eles não terão mais qualquer controle sobre o curso dos acontecimentos.

A situação de súbito pende para outro tipo de emergência; a pressão em seus movimentos e em seus gestos cai, ela deixa de latejar em suas consciências e foge para outro lugar, para o escritório de Thomas Rémige, onde ele já está conversando com um médico do Sistema Nacional de Transplantes, para os gestos dos maqueiros que levam o corpo de seu filho, foge para os olhos que analisam as imagens surgidas nas telas, foge para longe, para outros hospitais e outras unidades, para outros leitos igualmente brancos, para outras casas igualmente acabrunhadas, e agora não sabem mais o que fazer, estão desamparados. Claro, eles poderiam ficar na unidade, sentar-se diante dos jornais velhos, diante das revistas de bordas rasgadas e sujas, esperar até o relógio marcar 18:05, quando o segundo eletroencefalograma terá terminado, constatando a morte legal de Simon, ou eles poderiam descer e pegar café na máquina, como preferirem, mas são prevenidos com toda a delicadeza de que a extração de múltiplos órgãos leva horas, como devem imaginar, então a intervenção é demorada, não é simples, tanto que os aconselham a voltar para casa, talvez devessem repousar, vão precisar de todas as suas forças, nós cuidaremos dele; e, quando eles passam de novo pela porta automática do grande saguão do hospital, estão sozinhos no mundo, a fadiga desaba sobre eles como um maremoto.

Ao amanhecer, ela saiu da estação do RER La Plaine-Stade de France e caminhou no sentido oposto ao da multidão, que se movia em fluxo contínuo, cada vez mais compacta à medida que vai se aproximando a hora do jogo, amalgamada em uma febre coletiva — excitação e conjecturas típicas do pré-jogo, ensaio de cantos e dos insultos, oráculos délficos. Ela deu as costas ao estádio enorme e nu, indiferente à sua carga massiva, tão absurda e incontestável quanto um disco voador aterrissado na noite, acelerou o passo no curto túnel que passa debaixo dos trilhos, depois, de novo ao ar livre, subiu a avenue du Stade-de-France por uns duzentos metros, ao longo das paredes lisas, brancas, metálicas e transparentes das sedes das empresas de prestação de serviços, bancos, companhias de seguro e outras organizações, e, ao chegar diante do número 1, revirou um bom tempo a bolsa, acabando por tirar as luvas para procurar melhor e, ajoelhada na calçada gelada, esvaziou tudo no chão perto da porta, sob o olhar indiferente do sujeito que lá dentro abria uma garrafa de iogurte com infinita precaução, a fim de evitar a menor mancha em seu belo terno azul-marinho. Depois, como por milagre, ela sentiu o contorno do cartão magnético no fundo de um bolso, recolheu seus pertences, entrou no saguão. Estou de plantão, sou médica do Sistema Nacional de Transplantes; dirigiu-se a ele sem fitá-lo, arrogante; atravessava o hall quando seu olho experiente reparou no maço de Marlboro Light ao lado do tablet no qual ele devia assistir a filmes à noite, provavelmente futebol e filmes de quinta, pensou irritada, e ao chegar ao primeiro andar, percorreu um corredor de uns vinte metros, depois virou à esquerda e abriu com um empurrão a porta da Central de Distribuição de Órgãos.

Marthe Carrare é uma mulher baixinha de uns sessenta anos, morena e rechonchuda, cabelos castanhos, seios volumosos e pneuzinhos dentro de um cardigã bege-rosado, uma bunda esférica saliente numa calça de lã marrom, pernas finas e pés minúsculos arqueados em mocassim sem salto; alimentada à base de *cheeseburgers* e pastilhas de nicotina, a essa hora sua orelha direita está vermelha e inchada de tanto apoiar diversos aparelhos telefônicos durante o dia — celular do trabalho, celular pessoal, telefone fixo —, e é melhor não perturbá-la por nada, melhor ficar invisível e silencioso enquanto ela se informa sobre a situação junto a Thomas: então, em que pé estamos? Thomas responde: está tudo certo. Ela está calma: ok, me envia a declaração de óbito para que eu possa consultar o arquivo, e escutamos a voz de Thomas confirmando: acabo de mandar por fax, também preenchi o dossiê Cristal do doador.

Marthe desliga, vai até o fax, vincos verticais na testa entre as sobrancelhas, óculos de aros grossos presos a uma corrente, batom borrando as rugas ao redor da boca, perfume inebriante e vapores de tabaco frio presos debaixo da gola, sim, a folha está ali — o documento atestando o falecimento de Simon Limbres às 18:36 —, entra no escritório anexo onde fica o registro nacional das recusas de doações de órgãos, arquivo mantido sob estrito controle, a consulta habilitada apenas a uma dezena de pessoas, o que só pode ser feito uma vez atestada a morte da pessoa por um documento legal.

De volta ao seu escritório, Marthe Carrare previne Thomas de que está tudo certo, depois fixa os olhos na tela do computador, abre o dossiê Cristal, clica nos diferentes documentos que o compõem, fichas de informações gerais, avaliação médica de cada órgão, radiografias, ultrassonografias, análises diversas, estuda todo o material, de imediato percebe o grupo sanguíneo relativamente raro de Simon Limbres (B negativo). O dossiê está completo. Marthe aprova e lhe atribui um número de identificação, matrícula que garante anonimato ao doador: a partir de agora o nome de Simon Limbres não mais aparecerá nas trocas de mensagens entre a Central e os diferentes hospitais com os quais entrará em contato. Um fígado, dois pulmões, dois rins. E um coração.

A noite cai. No final da avenida, o estádio está iluminado, e seu contorno — como um anel oblongo, como um feijão — decalca no céu um halo acinzentado através do qual os aviões de domingo à noite deixam seus rastros de vapor. Agora é hora de voltar a atenção para os que aguardam espalhados pelo país e, por vezes até além de suas fronteiras, pessoas cadastradas em listas separadas, de acordo com o órgão a ser transplantado, e que toda manhã se perguntam se sua posição mudou, se seu nome subiu na lista, pessoas sem concepção do futuro, cujas vidas são restritas, suspensas pela condição de seu órgão. Pessoas que vivem com uma espada de Dâmocles sobre a cabeça. Imagine isso.

Os dossiês médicos ficam centralizados no computador que Marthe Carrare consulta naquele momento, enquanto chupa uma pastilha de nicotina, pensando, depois de ter olhado o relógio, que esqueceu de cancelar o jantar combinado para dentro de duas horas na casa da filha e do genro; não gosta de ir à casa deles, nesse instante formula o pensamento com clareza, não gosto de ir lá, faz frio lá — entretanto, não saberia dizer se são as paredes do apartamento cobertas por uma pintura branca chique que a deixam arrepiada, ou a ausência de cinzeiro, de uma varanda, de carne, desordem, tensão, ou se são os tamboretes malaios e a espreguiçadeira de design, as sopas vegetarianas servidas em tigelas mouriscas, as velas perfumadas — *Feno cortado, Fogo de madeira, Menta selvagem* — a satisfação domesticada das pessoas que se deitam com as galinhas debaixo de colchas de veludo indiano, a tenra apatia que está espalhada por todo o seu reino. Ou talvez seja o casal que a assusta, o casal que em menos de dois anos engolira sua filha única, desintegrando-a em uma conjugabilidade segura, relaxante, um bálsamo após anos de nomadismo solitário: sua filha impetuosa, poliglota e agora irreconhecível.

Num software especialmente programado, Marthe Carrare insere todos os dados médicos referentes ao coração, aos pulmões, ao fígado, aos rins de Simon Limbres, depois pesquisa seu database para encontrar pacientes aptos a receber os órgãos — sendo a lista de receptores menor quando se trata do fígado e dos rins. Em seguida, a lista de receptores compatíveis é cruzada com as realidades da geografia, o local dos órgãos e os dos potenciais receptores, gerando uma cartografia operacional que envolve distâncias a cobrir dentro de um tempo limitado, conforme a viabilidade dos órgãos. Isso leva a uma avaliação lógica dos quilômetros e da duração da viagem, à escolha dos aeroportos e das autoestradas, estações, pilotos e aviões, veículos especializados e motoristas experientes, de modo que a dimensão territorial da empreitada adiciona um novo parâmetro, limitando a lista dos pacientes ainda mais.

O primeiro problema de compatibilidade entre doador e receptor diz respeito ao sangue: a compatibilidade ABO. Os transplantes cardíacos exigem perfeita compatibilidade do grupo sanguíneo e do fator Rh, e sendo Simon Limbres B negativo, efetua-se primeira seleção que reduz consideravelmente a lista de quase trezentos pacientes à espera de transplante. Os dedos de Marthe Carrare digitam mais freneticamente no teclado, e dá para perceber sua urgência na busca do receptor, talvez ela esteja inebriada nesse instante, esquecendo de tudo. Em seguida, ela usa o sistema HLA para examinar a compatibilidade tissular, igualmente essencial. O código HLA (*Human Leukocyte Antigen*) é a carteira de identidade biológica do paciente e tem importante papel na sua defesa imunológica. Embora seja quase impossível encontrar um doador com uma identidade HLA idêntica à do receptor, os códigos dos dois devem ser o mais próximos possível para que o transplante do órgão ocorra sob as melhores condições e minimize os riscos de rejeição.

Marthe Carrare insere a idade de Simon no software, de modo que a lista dos receptores pediátricos tenha prioridade na consulta. Depois, verifica se existe algum paciente compatível em estado de superurgência (SU), ou seja, um paciente cuja vida corra perigo, sujeito a morrer a qualquer momento e que, portanto, está cadastrado como prioritário nessa lista. Ela também aplica com atenção um protocolo sofisticado em que cada etapa está conectada à precedente e determina a seguinte. Para o coração, além da compatibilidade do sangue e dos sistemas imunológicos, fatores como a conformação física do órgão, sua morfologia, tamanho, e peso entram em jogo, reduzindo ainda mais a seleção precedente — o coração de um adulto grande e forte, por exemplo, não pode ser implantado no corpo de uma criança e vice-versa —, enquanto a geografia do transplante depende de um fator imodificável: entre o instante em que o coração para no corpo do doador e o momento em que começa a bater no do receptor, o órgão se conserva por quatro horas.

A busca avança e Marthe aproxima o rosto da tela, os olhos enormes e distorcidos por trás das lentes dos óculos. Num gesto brusco, seus dedos amarelados na parte interna da terceira falange imobilizam-se no mouse: uma superurgência é identificada para o coração, uma mulher, cinquenta e um anos, grupo sanguíneo B, 1,73m, 65 kg, paciente do Pitié-Salpêtrière, paciente do professor Harfang. Ela lê e relê com calma os dados apresentados, sabe que o telefonema prestes a dar provocará uma aceleração geral em todas as atividades do outro lado da linha, um influxo de eletricidade nos cérebros, uma injeção de energia nos corpos, em outras palavras, a esperança.

Alô, aqui é do Sistema Nacional de Transplantes — um acréscimo de diligência e de atenção na secretaria da unidade —, as ligações partem das centrais telefônicas passando por várias extensões de linha até a unidade cirúrgica, depois uma voz formal diz Harfang, estou ouvindo, e Marthe Carrare começa rápida e direta, doutora Carrare, Sistema Nacional de Transplantes, tenho um coração — sim, ela se expressa nesses termos mesmo, cordas vocais patinadas por quarenta anos de cigarros e pastilhas de nicotina vibrando na cavidade palatina a cada movimento da língua —, tenho um coração para uma paciente à espera de transplante na sua unidade, um coração compatível. Reação instantânea — nem um instante de silêncio: ok, me envie o dossiê. E Carrare conclui: pronto, enviado, tem vinte minutos.

Em seguida, Marthe Carrare desce uma linha na lista de receptores na tela e chama o CHU (Centro Hospitalar Universitário) de Nantes, outro centro de cirurgia cardíaca, e entabula o mesmo diálogo, dessa vez referindo-se a uma criança de sete anos à espera há quase quarenta dias. Marthe Carrare informa, aguardamos a resposta do Pitié, depois, de novo: vocês têm vinte minutos. Uma terceira unidade é contatada no hospital de la Timone, em Marselha.

A espera começa, pontuada por ligações telefônicas entre o médico de Saint-Denis e o coordenador no Havre com o intuito de sincronizar a deliberação e a montagem da operação, providenciar a organização do centro cirúrgico e manter informações constantes sobre o estado hemodinâmico do doador — por ora apresentando boa estabilidade. Marthe Carrare conhece bem Thomas Rémige: cruzou com ele repetidas vezes durante os cursos de formação organizados pelo Sistema e nos seminários nos quais por vezes ela dá palestras como médica anestesista e como uma das fundadoras da organização, e está contente por hoje ele ser seu interlocutor. Conhece sua reputação, reconhece-o como seguro, profissional e sensível, o tipo de pessoa que dá para confiar, e provavelmente ela está ainda mais contente por ele ser o tipo de homem cujas emoções são contidas pela capacidade de concentração, capaz de uma intensidade ponderada que nunca vira histeria apesar da tragédia humana que está por trás de cada operação de transplante. É uma sorte para todos contar com uma pessoa assim por perto.

As respostas no que diz respeito ao fígado, aos rins e aos pulmões sucedem-se umas atrás das outras após esses mesmos procedimentos — Strasbourg pega o fígado (uma menina de seis anos), Lyon, os pulmões (uma adolescente de dezessete anos), Rouen, os rins (um menino de nove anos) —, enquanto ali perto, nas arquibancadas do estádio, os torcedores estão abrindo com gesto seco os zíperes de seus casacos como quem coloca em prática um plano, *zzzip* — jaquetas de couro de motoqueiros, casacos de nylon cáqui e forro laranja —, cobrem os rostos com lenços como os bandoleiros no instante de atacar a diligência ou como os estudantes em manifestações para se proteger do gás lacrimogênio, e centenas de mãos experientes retiram as granadas de fumaça escondidas dentro dos pulôveres, do cós traseiro das calças — mas como esses objetos puderam passar pelo controle de segurança? Soltam os primeiros fogos quando a chegada dos ônibus dos jogadores na Porte de la Chapelle é anunciada, fumaça vermelha, fumaça verde, fumaça branca, o clamor se intensifica nas arquibancadas enquanto uma comprida bandeirola é desfraldada, "Dirigentes, jogadores, treinadores, todos fora!". O setor em que está a torcida organizada é impressionante: todos comprimidos num espaço pequeno, um bloco de força e de agressividade, massa hostil, e os torcedores entrando no estádio apressam o passo, fascinados, enquanto os seguranças de terno observam carrancudos e começam a correr, paletós desabotoados e gravatas esvoaçando sobre as panças, testas enrugadas, berrando nos walkie-talkies, a arquibancada norte está agitada, não deixem mais pessoas entrarem. Jorram insultos enquanto os ônibus, com vidro fumê, veículos confortáveis e com motores maravilhosamente silenciosos, saem da autoestrada e entram na área VIP que cerca a arena, parando diante das entradas reservadas aos jogadores. Marthe se levantou, abriu a janela: silhuetas passam na frente do prédio do Sistema de Transplantes e sobem a avenida em passos apressados na direção do estádio, jovens do bairro familiarizados com aquela área, ela envia uma mensagem de texto lacônica à filha — emergência no SNT, ligo amanhã, mãe —, em seguida bate a caixa de chicletes no parapeito da varanda, coloca uma mão debaixo do dosador, descobre que a caixinha está vazia e morde o lábio — lembra que escondeu cigarros em vários lugares no escritório, tendo esquecido exatamente onde, mas por ora decide continuar mastigando.

Imagina milhares de pessoas reunidas em círculo, lá longe, em volta de um gramado de um verde tão cintilante que seria possível acreditar envernizado a pincel, cada fiapo de grama iluminado por uma sustância que mescla resina e essência de terebintina ou de lavanda, e que após a evaporação do solvente teria formado essa película sólida e transparente como um reflexo prateado, como goma em tecido novo de algodão, vela de cera, e pensa que no momento em que emparelham os órgãos vivos de Simon Limbres, na hora de reparti-los pelos corpos doentes, milhares de pulmões incham juntos ao longe, milhares de fígados se enchem de cerveja, milhares de rins filtram em uníssono as substâncias dos corpos, milhares de corações bombeiam na atmosfera, e de repente ela é fulminada pela fragmentação do mundo, pela absoluta descontinuidade do real nesse perímetro, a humanidade pulverizada numa infinita divergência de trajetórias — uma sensação de angústia já experimentada naquele dia de março de 1984, quando, sentada no ônibus da linha 69 a caminho de uma clínica do 19º *arrondissement* para abortar, menos de seis meses após o nascimento da filha que criava sozinha, a chuva jorrando pelos vidros das janelas, ela havia olhado um a um os rostos de alguns dos passageiros ao redor, rostos com os quais a gente depara nos ônibus parisienses no meio da manhã, rostos com olhares perdidos ou grudados num aviso de segurança contido num pictograma, fixos no botão de parada, perdidos no interior do pavilhão de uma orelha humana, olhos que se evitam entre si, senhoras idosas com sacolas, jovens mães de família com o filho no canguru, aposentados a caminho da biblioteca municipal para a leitura dos jornais, desempregados de longa data de terno e gravata duvidosos, narizes enfiados no jornal sem conseguir lê-lo, sem que da página brote a menor fagulha de sentido, mas agarrados ao papel como se tentassem permanecer num mundo no qual, contudo, não tinham mais lugar, no qual em breve não encontrariam mais como sobreviver, pessoas por vezes sentadas a menos de vinte centímetros dela, todos ignorando o que ela estava prestes a fazer, aquela decisão que tinha tomado e que seria irreversível dentro de duas horas, pessoas que viviam suas vidas e com as quais ela não compartilhava nada, nadinha, fora esse ônibus preso num temporal, esses bancos gastos e essas alças de plástico pegajosas pendentes do teto como cordas preparadas para alguém se enforcar, nada, cada um na sua, é isso, ela havia sentido os olhos marejados de lágrimas, apertado mais forte a barra metálica para não cair, e sem dúvida nesse instante experimentou a solidão.

As primeiras sirenes das viaturas de polícia são ouvidas por volta das dezenove e trinta. Ela fecha a janela — faz frio —, ainda falta uma hora para o pontapé inicial, e conter a excitação dos torcedores se mostra difícil. Todos esses corações juntos é demais, ela se pergunta qual será o jogo desta noite. O tempo passa. Marthe Carrare examina de novo esse primeiro dossiê, estranhamente satisfeita com sua compatibilidade com a do doador, difícil encontrar melhor, por que droga de motivo demoram no Pitié? Nesse segundo, o telefone toca, é Harfang: vamos pegar.

Marthe Carrare desliga e logo telefona para Le Havre, avisa a Thomas que uma equipe do Pitié-Salpêtrière entrará em contato com ele para organizarem a chegada, o receptor é uma paciente da unidade de Harfang, você o conhece? De nome. Ela sorri. Acrescenta: eles têm uma ótima equipe, sabem o que fazem. Thomas verifica a hora em seu relógio, declara: bem, vamos nos preparar para a retirada, previsão de entrada no centro cirúrgico daqui a umas três horas, a gente se fala. Desligam. Harfang. Marthe pronuncia esse sobrenome em voz alta. Harfang. Ela também o conhece. Conhecia esse belo sobrenome antes de o conhecer, esse sobrenome estranho que percorria havia mais de um século os corredores dos hospitais parisienses, tanto que diziam simplesmente é um Harfang para concluir uma conversa na qual se exaltava a excelência de um médico, ou mencionavam a "dinastia Harfang" para descrever a família que dera à faculdade professores e médicos às dezenas, primeiro Charles-Henri e Louis, então Jules, depois Robert e Bernard, hoje Mathieu, Gilles e Vincent, todos médicos que haviam trabalhado e trabalhavam em estabelecimentos públicos — somos servidores do Estado, adoram pensar enquanto correm a maratona de Nova York, esquiam em Courchevel no inverno e disputam regatas no golfo de Morbihan em veleiros monocascos, distinguindo-se então da cúpida plebe médica em que vários, sobretudo os mais jovens, tão logo completavam sua residência hospitalar montavam consultórios particulares em bairros calmos e frondosos, em sociedade com os Harfang, a fim de cobrir todo o espectro das patologias do corpo humano, e propor check-ups rápidos a executivos com sobrepeso considerável, homens sob pressão preocupados com as taxas altas de colesterol, a desertificação capilar, as chateações da próstata e o declínio da libido — entre os quais cinco gerações de pneumologistas seguindo uma filiação patrilinear que privilegiava a primogenitura masculina na hora de transmitir cátedras e dirigir unidades, dentre eles uma moça, Brigitte, primeira classificada para a especialização no ano de 1952 em Paris, mas que abandonou a residência dois anos depois, convencida de estar apaixonada por um protegido do pai, quando na verdade cedia a uma pressão sub-reptícia que a intimava a dar lugar, abrir espaço vital para os jovens machos do clã, incluindo ele, Emmanuel Harfang, o cirurgião.

Ela se lembra de ter feito parte de um grupo liderado por um duo de primos Harfang por um período de sua residência. Um estudava cardiologia pediátrica, o outro, ginecologia. Ambos possuíam o famoso "topete Harfang", a mesma mecha de cabelos brancos crescendo em redemoinho na altura da testa e jogada para trás sobre a cabeleira escura, selo familiar e sinal de reconhecimento, um rastro lendário, venham ver meu penacho branco e toda ostentação *ad hoc* usada para pegar todas as garotas que cruzavam o caminho deles; usavam jeans 501 e camisas Oxford, casacos impermeáveis bege com forro escocês e as golas levantadas, não saíam de tênis, e só calçavam sapatos da marca Church, embora desdenhassem do mocassim com borlas, eram de estatura média, fracotes, pele pálida e olhos dourados, lábios finos, pomos de adão tão proeminentes que, quando Marthe os via movendo-se sob a pele das gargantas, logo começava a deglutir; eles se pareciam entre si e pareciam-se também com aquele Emmanuel Harfang, que conserta e transplanta corações no Pitié-Salpêtrière, dez anos mais novo.

Emmanuel descia as escadas do auditório na hora exata para seus simpósios, olhar reto, terminando por saltar o último degrau a fim de, movido por seu elã, ganhar o púlpito com um salto atlético, um papel na mão que não leria, começando seu discurso sem sequer saudar o público, privilegiando os inícios secos, os ataques abruptos, o método de ir direto ao ponto sem obedecer aos costumes, sem declinar seu sobrenome, como se todos na sala supostamente soubessem de quem se tratava, a saber um Harfang, filho de um Harfang, neto de um Harfang, e sem dúvida também um método para despertar um auditório com tendência a adormecer no início da tarde, com certa preguiça depois das famosas refeições nos restaurantes próximos reservados para a ocasião, cantinas improvisadas em que garrafas de vinho tinto se alinhavam sobre toalhas de papel, sempre esse modesto e encorpado vinho de Corbières que convinha às carnes sangrentas, e desde as primeiras palavras de Harfang todos na sala saíam de seu torpor digestivo, lembrando-se ao vê-lo tão esbelto e tão atlético que ele era o pilar de uma formação ciclista de primeira grandeza, uma equipe que representava o hospital em diversas corridas, caras capazes de pedalar duzentos quilômetros no domingo de manhã por menos que isso combinasse com suas vidas profissionais, caras dispostos a levantar cedo, embora desesperados por não poder dormir mais, não poder acariciar a mulher, fazer amor, brincar com os filhos ou simplesmente ficar à toa escutando rádio, o banheiro sempre mais iluminado e o cheiro do pão torrado sempre mais apetitoso naquelas manhãs, caras que esperavam fazer parte dessa estranha comunidade, e que pagariam caro, até mesmo trocariam cotoveladas para serem escolhidos por Harfang — "designados" era o termo *ad hoc*, pois Harfang, reparando de súbito em suas presenças, apontava o indicador e, inclinando a cabeça de lado a fim de avaliar a constituição física dos escolhidos e considerar um possível rival, abria um sorriso estranho retorcendo seu rosto e perguntava: vocês gostam de bicicleta?

    Pedalar ao lado de Harfang, circular no seu vácuo por algumas horas, valia enfrentar as esposas furiosas por ficarem sozinhas com as crianças no domingo até o meio da tarde, valia seus comentários maldosos e irônicos — não se preocupe, querido, eu sei que você se sacrifica pela família —, valia ser vítima de suas reprovações — você só pensa em si mesmo — e valia as frases irritantes quando elas os pegavam avaliando as barrigas — cuidado para não ter um infarto! —, valia voltar para casa vermelho, exausto, as pernas não suportando mais o corpo e os fundilhos tão doloridos a ponto de sonharem com um banho de assento, mas atirando-se no primeiro sofá que encontravam no caminho, ou na cama, a merecida sesta — e esse justo repouso, claro, desencadeava de novo a cólera das mulheres, engatilhava discussões infinitas sobre o egoísmo dos homens, sua ambição débil, sua submissão, seu medo de envelhecer, e elas erguiam os braços para o céu berrando, ou plantavam as mãos espalmadas nos quadris afastando os cotovelos, estufando o peito, e os atormentavam, um melodrama—, e uma vez recuperados do esforço, valia arrastar-se até o computador para comprar com urgência uma flanela num site especializado, uma bermuda adequada e todo o equipamento apropriado, até por fim gritar cale a boca! para aquela que resmungava do outro lado do apartamento, terminando por fazê-la chorar, e curiosamente não se encontrou uma única que apoiasse essa obsessão masculina, uma única que, carreirista ou apenas dócil, encorajasse seu homem a montar na bicicleta e seguir Harfang pelas estradas do vale de Chevreuse, e desfilar veloz, ligeiro, resistente; não, nenhuma se deixou enganar, e quando conversavam entre si, deplorando a requisição pérfida dos maridos, às vezes citavam Lisístrata, planejando uma greve de sexo a fim de obrigarem os homens a acabar de vez com esse comportamento servil, ou então rolavam de rir descrevendo umas às outras o companheiro destruído depois da corrida, e no final achavam engraçado, que eles fossem se isso lhes dava prazer, que fossem, que se exaurissem, aliados e adversários, favoritos e concorrentes, e logo nem uma única delas voltou a se levantar às seis da manhã para preparar o café e entregá-lo ao marido com mão amorosa; ficavam na cama, enroladas nos edredons, despenteadas, aquecidas e suspirosas.

Da última vez que Marthe Carrare ouvira Harfang, ele tinha dado uma deslumbrante palestra sobre as modalidades do uso da ciclosporina em tratamentos antirrejeição que haviam revolucionado os transplantes e os implantes no início dos anos oitenta, resumindo em doze minutos o histórico desse imunossupressor — um produto cujo emprego diminui as defesas imunológicas do organismo do receptor e permite reduzir os riscos de rejeição do órgão transplantado —, depois dessa palestra ele passou a mão nos cabelos, afastando da testa a famosa mecha branca graças à qual ele podia permitir-se de omitir seu sobrenome, e falou de forma abrupta, perguntas?, contou um, dois, três mentalmente, e concluiu o discurso evocando o fim dos transplantes cardíacos, sua próxima obsolescência, pois chegara a hora de enfim considerar os corações artificiais, maravilhas da tecnologia inventadas e desenvolvidas em um laboratório francês, comunicando ter sido concedida a autorização para se procederem aos primeiros testes na Polônia, na Eslovênia, na Arábia Saudita e na Bélgica. A bioprótese de novecentos gramas, elaborada durante vinte anos por um cirurgião francês de renome internacional, será implantada em pacientes com insuficiência cardíaca severa e cujo prognóstico vital esteja comprometido. Essa conclusão desconcertou a sala, um rumor pairou na plateia, rumor que despertou os sonolentos, a ideia da prótese cardíaca despojando o órgão de sua força simbólica, e, embora a maioria das cabeças aquiescessem voltadas para os cadernos em espiral a fim de anotar as palavras de Harfang em estilo telegráfico, algumas balançavam de um lado para o outro, emocionadas e vagamente contrariadas, e foram vistos até alguns indivíduos precavidos deslizarem a mão dentro do paletó, por baixo da gravata, debaixo da camisa, e levá-la ao coração para senti-lo bater.

Foi dado o chute inicial, e o rumor a emanar do estádio transformou-se em urro contínuo, aumentando a intervalos irregulares — um arremesso na trave, um repentino contra-ataque ameaçador, uma jogada sublime, uma colisão violenta, um gol. Marthe Carrare recosta na poltrona, os órgãos do doador foram alocados, as trajetórias estabelecidas, as equipes formadas, tudo nos trilhos. Com Rémige no comando. Desde que não surja nenhuma surpresa ruim durante a retirada, ela pensa, contanto que a fisionomia dos órgãos não revele nada que as radiografias, ultrassons e análises não tenham podido ver ou sequer suspeitar, tudo deveria dar certo. Bem que fumaria um cigarrinho acompanhado de uma cervejinha e um gostoso *cheeseburger* com molho barbecue. Ela mastiga um pouco mais forte a fim de sugar do chiclete um último átomo de nicotina, embora seja apenas a lembrança de um gosto, de uma fragrância, e pensa no segurança que agora devia estar acompanhando o jogo curvado sobre o tablet, o maço de Marlboro Light ao alcance da mão.

Cordélia Owl agita um maço de cigarros na frente de Révol enquanto as portas do elevador se fecham, vou descer para uma pausa, cinco minutos, sinaliza entre a abertura que se estreita pouco a pouco, depois seu próprio rosto aparece diante dela, borrado. A parede metálica não devolve um reflexo exato, apenas uma máscara vaga, apagando a pele suave e os olhos cintilantes, as marcas da noite passada em claro, essa beleza ainda excitada: seu rosto se transformou como se transforma o leite, traços afundados, tez turva, um verde-oliva puxando para o cáqui no fundo das olheiras, as marcas no pescoço escurecidas. Sozinha no elevador, guarda os cigarros no bolso, do outro, tira o celular, dá uma olhada, nada ainda, verifica as barrinhas do aparelho, estremece, examina melhor, ah, não tem rede, nenhum sinal, nenhuma fagulha; logo recupera a esperança, ele deve ter tentado ligar mas não conseguiu e, chegando ao térreo, sai correndo para a porta de saída lateral reservada ao pessoal do hospital, empurra a barra transversal, está lá fora, são três ou quatro a fumar batendo os pés no mesmo lugar na área esbranquiçada que o letreiro luminoso traça sobre o frio compacto, auxiliares de enfermagem, um enfermeiro que não conhece, e de tão gelado o ar, é impossível distinguir a fumaça tabagística do gás carbônico exalado a um só tempo. Desliga o celular; liga de novo o aparelho, um jeito de recomeçar do zero todo o processo, de tranquilizar o coração. Seus braços nus arroxeando a olhos vistos, e logo todos os seus membros tremem. O telefone pega aqui? Ela se volta para o grupo, as vozes que respondem se sobrepõem, pega, sim, funciona, o meu pega, o meu também, e, uma vez ligado de novo seu aparelho, ela verifica as mensagens. Efetua essas operações sem esperança, agora segura de que nenhuma mensagem foi deixada no correio de voz, segura de que deveria parar de pensar nisso para que algo aconteça.

Sinal cheio, nada de mensagem. Acende um cigarro. Um dos caras parado à sua frente pergunta, trabalha na UTI, não é? Um ruivo alto, cabelo escovinha, brinco na orelha esquerda e mãos compridas de dedos carmesim, unhas rentes. Sim, responde Cordélia, baixando o queixo pequeno e trêmulo, está sem forças, entorpecida, barriga doendo de tanto tiritar debaixo da blusa fina, agarra-se ao cigarro, fuma como uma desesperada, os olhos ardendo de súbito, olhos lacrimejantes, o cara a fita sorrindo, tudo bem? o que foi? Nada, responde, nada, estou com frio, só isso, mas o cara se aproxima, é duro trabalhar na UTI, hein, a gente vê umas situações estranhas, né? Cordélia funga e dá uma baforada, não, tudo bem, é o frio, juro, cansaço. As lágrimas escorrem pelas suas bochechas, lentas, tingidas de rímel, lágrimas de menina travessa que está curando a bebedeira.

Toda a vivacidade e a paixão que ferviam dentro dela, essa leveza acelerada, brincalhona e feroz, esse jeito de rainha que ela ainda tinha naquela tarde nos corredores da UTI: tudo isso, de repente, vai por água abaixo, pendendo pesado e encharcado no seu cérebro. Num dia, tinha vinte e três anos e, num piscar de olhos, tem vinte e oito, mais outro e de vinte e oito já passou para os trinta e um, o tempo escapa enquanto lança um olhar frio sobre sua existência, um olhar que disseca um a um os diferentes setores de sua vida — estúdio úmido onde proliferam baratas e o mofo cresce nas junções do piso, o empréstimo bancário sugando todas as economias, amizades intensas, próximas, deixadas de lado por causa de recém-nascidos, polarizadas pelo excesso de fofura que a deixa indiferente; dias cheios de estresse e noitadas com as amigas adiadas, mas pernas perfeitamente depiladas, no fim dando gargalhadas em wine bars com um bando de garotas disponíveis, risos forçados, aos quais ela sempre se agrega, por covardia, oportunismo, aventuras sexuais ocasionais em colchões de baixa qualidade ou contra a ferrugem engordurada de uma porta de garagem, com caras que são desajeitados, apressados, pães-duros, incapazes de amar; um excesso de álcool para deixar tudo reluzente; o único encontro que faz seu coração disparar é com o cara que prende sua mecha de cabelos e acende seu cigarro, roça a mão em sua têmpora e no lóbulo da orelha, um cara que aperfeiçoou a arte de surgir de repente, quando bem entende, seus movimentos impossíveis de prever, como se, escondido atrás de um poste, de súbito espichasse a cabeça e a surpreendesse na luz dourada de um fim de tarde ligando-se à noite de um bar próximo ou avançando na sua direção certa manhã de uma esquina, e sempre eclipsando-se no final com grande maestria, antes de dar as caras de novo —, aquele olhar que a despe, ao qual nada resiste, nem mesmo sua cara, nem mesmo seu corpo, do qual, entretanto, cuida — revistas, tubos de creme emagrecedor e aquela hora de exercícios no piso de uma sala congelada no Docks Vauban —, ela está sozinha e decepcionada, num estado de desgraça, batendo os pés e os dentes enquanto a desilusão devasta seus territórios e seu interior, entristecendo rostos, apodrecendo gestos, distorcendo intenções; a desilusão se amplia, prolifera, polui rios e florestas, contamina desertos, infecta camadas freáticas, arranca pétalas de flores e macula o brilho do pelo dos animais, mancha icebergs além do círculo polar e suja a alvorada grega, lambuza os mais lindos poemas com amargura e desdita, destrói o planeta e tudo o que o povoa, desde o Bing Bang até os foguetes do futuro, e revira o mundo inteiro, esse mundo que parece oco; esse mundo desencantado.

Já vou, ela atira a guimba no chão, amassando-a com a ponta da sapatilha de tecido, o ruivo alto a observa, está melhor? Ela meneia a cabeça, estou bem, tchau, dá meia-volta, precipita-se dentro do prédio, e a trajetória de volta é um entreato de que lança mão para se recompor antes de voltar à unidade em que o trabalho se intensifica a essa hora: nervosismo da noite, pacientes agitados, últimos cuidados antes do sono, últimas perfusões, últimos comprimidos, e aquela remoção de órgãos que ocorrerá dentro de algumas horas; Révol tinha passado para lhe perguntar se podia substituir alguém de última hora, prolongar seu plantão a fim de retomar o serviço na sala de cirurgia, e ela aceitara a solicitação pouco comum.

Faz um desvio pela cafeteria para pegar uma sopa de tomate na máquina de bebidas quentes — ela parece tão pequena percorrendo o grande saguão gelado, as mandíbulas cerradas, e depois dando um soco na máquina para acelerar a saída, a poção está repulsiva, de tão quente o copo se deforma entre seus dedos, mas ela toma tudo de um só gole e sente-se aquecida de novo quando de repente os vê passar à sua frente, o pai e a mãe, os pais do paciente do quarto sete, aquele rapaz em quem colocou uma sonda à tarde, o que está morto e terá os órgãos retirados esta noite, são eles: acompanha com o olhar a lenta caminhada na direção das altas portas de vidro, encosta numa pilastra para observá-los melhor: a vidraça a essa altura da noite vira espelho, e os pais são refletidos como fantasmas na superfície dos lagos nas noites de inverno. Se alguém quisesse descrevê-los, diria que eles são a sombra de si mesmos, a banalidade da expressão realçando não tanto a desagregação interna desse casal mas o que ainda eram naquela mesma manhã, um homem e uma mulher enfrentando o mundo, e ao vê-los caminhando lado a lado pelo piso laqueado pela luz fria, qualquer um pode entender que agora aqueles dois seguiam outra trajetória iniciada algumas horas antes, já não viviam mais no mesmo mundo que Cordélia e os outros habitantes da Terra, mas de fato dele se afastavam, ausentando-se e se deslocando rumo a outro domínio, um lugar onde, talvez, por um tempo, todas aquelas pessoas sobreviviam, juntas e inconsoláveis, todas aquelas pessoas que haviam perdido um filho.

Cordélia retém em seu olhar as silhuetas sumindo pouco a pouco na entrada do estacionamento, apagadas na noite, então solta um grito, desgruda da pilastra, resfolega como um potro, pega o celular, o rosto se redesenha e recupera as cores, e num movimento de balanço de uma força inaudita, efetua essa reviravolta interna renovadora, esse elã que assinala o sinal da retomada, disca às pressas o número daquele homem desaparecido às cinco horas da manhã, surpreende-se com o próprio gesto, tecla com habilidade, como se quisesse ao mesmo tempo resolver de vez o assunto e desafiar a submissão à qual sua tristeza a confina, como se desejasse conter a morbidez a assaltá-la e recordar a possibilidade do amor. Um, dois, três toques, e depois a voz do cara pede em três línguas que deixe a mensagem. Eu te amo, ela diz, e desliga, estranhamente revigorada, livre de um peso. De repente, tem de novo a vida inteira à sua frente, pensa que sempre chora quando está cansada, e que deveria tomar suplemento de magnésio.

Lou. Não tinham ligado para Lou, não tinham tentado falar com ela, não tinham pensado nela, exceto quando pediram que seu nome fosse pronunciado no ouvido do irmão no instante de parar seu coração. Mas não tinham pensado na angústia de Lou, essa menininha de sete anos, ao ver a mãe sair às pressas para o hospital, na sua espera, na sua solidão, em nada disso, e embora tivessem sido confrontados com a carga ciclônica da morte, arrastados na tragédia, não há desculpas e entram em pânico ao descobrir o número dos vizinhos no celular de Marianne, bem como a notificação de uma mensagem de voz que não têm forças para ouvir, e agora Marianne pisa no acelerador, murmurando para o para-brisa, estamos voltando para casa, já estamos chegando.

Os sinos da igreja Saint-Vincent estão tocando e o céu tem um aspecto enrugado, lembrando uma vela que está derretendo. São dezoito e vinte quando sobem as curvas da costa de Ingouville, afundam no estacionamento subterrâneo do prédio, voltamos, ficaremos juntos esta noite, tinha dito Marianne ao desligar o motor; mas teriam forças para se separar esta noite, Marianne em casa com Lou, e Sean voltando para seu sala e quarto alugado às pressas no último novembro, em Dollemard? Marianne pena para introduzir a chave na fechadura, não consegue girá-la, o clique metálico se prolonga no orifício enquanto Sean bate os pés no chão atrás dela, e quando afinal a porta se abre, desequilibrados, tropeçam para o interior. Não acendem a luz, afundam lado a lado nesse sofá que encontraram certo dia de chuva à beira de uma estrada no campo, embrulhado como um bombom numa lona impermeável transparente; ao redor, as paredes se transformam em mata-borrões, absorvendo as cores do café e da sucata, sinal do declínio do dia: os poucos quadros fazem surgir outras figuras, outras formas, os móveis incham, a padronagem do tapete se apaga, o aposento é como uma folha de papel fotográfico esquecida dentro de uma bacia de líquido revelador, e por causa dessa metamorfose — esse escurecimento gradual dentro da sala — eles entram numa espécie de transe à medida que o mundo ao redor deles vai se desfazendo; a sensação de sofrimento físico experimentada não basta para ancorá-los à realidade, é um pesadelo, vamos acabar acordando, é o que Marianne diz a si mesma com os olhos grudados no teto; aliás, se Simon voltasse para casa, ali, agora, se girasse a chave na fechadura e depois entrasse no apartamento batendo a porta com aquele jeito desajeitado e barulhento que caracterizava sua chegada, provocando infalivelmente o berro da mãe, Simon pare de bater a porta!, se ele aportasse nesse instante, a prancha debaixo do braço raspando dentro da capa, os cabelos úmidos, as mãos e o rosto arroxeados pelo frio, exausto pelo mar, Marianne seria a primeira a acreditar, levantaria, se aproximaria dele e ofereceria ovos com páprica, macarrão, algo quente e revigorante, sim, ela não veria um fantasma, mas sim o retorno do filho.

A mão de Marianne avança para tocar a de Sean, ou seu braço, ou sua coxa, pouco importa qual parte do corpo pode alcançar, mas essa mão avança no vazio, pois Sean acaba de se levantar, tirou a parca, vou descer e buscar Lou. Caminha para a porta, mas tocam e ele abre, Marianne solta um grito, é a filhinha.

Lou está agitada, entra correndo no apartamento usando uma camiseta comprida de cor berrante por baixo da roupa, amarrou um lenço nos cabelos e alguém deve ter lhe prendido nas costas duas asas iridescentes de borboleta de tule com a ajuda de um velcro — ela também tem cabelos pretos, lisos, pele oliva e olhos mestiços, delicadamente puxados — e, de súbito, ela para na frente do pai, espantada ao vê-lo de pulôver dentro do apartamento, você voltou? Atrás dela, a vizinha permanece junto à porta, mas coloca a cabeça para dentro do apartamento, como uma girafa, o rosto uma interrogação: Sean, vocês voltaram? Acabamos de chegar, interrompe sem vontade de falar. À sua frente, Lou saltita remexendo na mochila, acaba estendendo ao pai uma folha de papel branco, fiz um desenho para Simon. Ela entra ainda mais na sala e, ao descobrir a mãe atirada no sofá, pergunta de repente: cadê o Simon?, ainda está no hospital? Sem esperar resposta, dá meia-volta, adentra o corredor, as asas vibráteis, batendo os pés, escutam quando abre um quarto, chama o irmão, depois outras portas batem, e esse mesmo nome repetido, então a criança aparece na entrada, diante dos pais parados de pé, decompostos, à espera, sem poder falar, sem poder articular outra coisa senão baixinho, Lou, enquanto a vizinha, lívida, recua no patamar da escada, fazendo um gesto com a mão de que compreende, não quer atrapalhar, e fecha a porta.

A criança está diante dos pais enquanto o dia declina a oeste, mergulhando pouco a pouco a cidade na escuridão, e agora eles não passam de silhuetas. Marianne e Sean se aproximam, a menininha não se move, guarda o silêncio enquanto os olhos devoram a escuridão — o branco das pupilas como caulinita —, Sean a pega no colo, depois Marianne os enlaça — os três corpos amalgamados, pálpebras fechadas como nos monumentos em memória aos náufragos erigidos nos portos no sul da Irlanda —, depois voltam para o sofá, deitam em diagonal sem desgrudar, uma tríade romana protegida do exterior, enroscados em seus hálitos e nos odores de suas peles — a pequena cheira a brioche e a Haribo — e essa é a primeira vez que voltam a respirar desde o anúncio da catástrofe, o primeiro pequeno ninho que eles conseguiram construir em um recanto silencioso da devastação. E se fosse possível se aproximar, silenciosamente e com gentileza, daria para ouvir os corações bombeando juntos a vida que resta, e batendo tempestuosos, como se captores sensíveis tivessem sido instalados sobre as válvulas e emitissem ondas infrassonoras, essas ondas que viajam pelo espaço, abrem caminho através da matéria, seguras, precisas, ligando o Japão, o mar de Seto, uma ilha, uma praia selvagem e aquela cabana de madeira onde são arquivados os batimentos dos corações humanos, essas impressões digitais cardíacas coletadas no mundo inteiro, depositadas ou registradas ali pelos que tiverem feito a grande viagem, e enquanto os corações de Marianne e Sean batem num ritmo normal, o da menina tamborila, até ela se levantar de supetão, a pele da testa vaporizada de suor: por que estamos no escuro? Feito um gato, desvencilha-se do abraço dos pais, percorre a sala e acende todas as luzes, uma a uma, depois se volta para os pais e declara: estou com fome.

Os alertas sonoros se multiplicam assinalando as mensagens que entram na caixa de voz — chegou a hora de pensar em falar, avisar, outra provação se delineia. Marianne vai para a varanda — ainda de casaco —, acende um cigarro, se prepara para telefonar e pedir notícias de Chris e Johan, descobre uma ligação de Juliette, de súbito não sabe mais o que fazer, tem medo de falar e medo de escutar, medo de a notícia ficar entalada na sua garganta, pois Juliette era especial; Simon a tinha apresentado a contragosto numa quarta-feira do último dezembro, quando Marianne chegou em casa mais cedo que de hábito e os encontrou na cozinha. Ele não tinha dito "minha mãe", apenas "Juliette, Marianne", logo murmurando já vamos, temos umas coisas para fazer, enquanto Marianne já puxava conversa com a garota, então você estuda no mesmo colégio do Simon? Ela havia ficado encantada ao descobrir o aspecto dela, a garota que habitava o coração de seu filho, essa garota que não parecia com ninguém, muito menos com uma tiete de surfistas, com esse ar perdido, os seios pequenos, um rostinho esquisito — olhos tão grandes que pareciam devorar seu rosto, orelhas com múltiplos furos, os dentes da frente separados e aqueles cabelos de um louro-claro, cortados ao estilo Jean Seberg em *O Acossado*; naquele dia usava um jeans skinny de veludo cotelê rosa-claro e tênis de cano alto verde-relva, um twin-set de jacquard por baixo da capa de chuva vermelha; impaciente, Simon esperara enquanto Juliette respondia, depois a puxara pelo cotovelo e a conduzira para a porta. Mais tarde ele começara a deixar escapar seu nome aqui e ali, a soltá-lo nas raras conversas das quais ele aceitava participar, até que, no final, o nome dela era mencionado quase tão frequentemente quanto os de seus amigos e os nomes de praias no Pacífico; ele está mudando, havia pensado Marianne, pois a partir de então Simon renunciara ao McDonald's por um pub irlandês que cheirava a cachorro molhado, começou a ler romances japoneses, recolhia na praia pedaços de madeira levados pelo mar, e por vezes estudava com ela química, física, biologia, matérias em que ele se destacava e ela não, e uma noite Marianne o ouviu descrever a formação da onda: olha (talvez ele tenha feito um esboço), o *swell* — a parte mais alta da onda — se desloca na direção da praia, ele contrai quando a água fica mais rasa, a gente chama isso de bancada, é lá que as ondas quebram, às vezes de modo muito violento, depois o *swell* chega à zona de arrebentação, que pode cobrir uns cem metros quando o fundo do mar é rochoso, esses são chamados de *point break*, em seguida as ondas quebram na zona de surf mas continuam a descer rumo à praia, entendeu (ela deve ter assentido balançando o queixo pequeno), e no fim, se a gente está mesmo com sorte, encontra uma gata na praia, uma gata maneira de capa de chuva vermelha. Eles costumavam conversavam tarde da noite enquanto a casa dormia, e talvez até sussurrassem eu te amo, sem saber direito o que diziam, apenas que o diziam um ao outro, isso era o importante, pois Juliete — Juliette era o coração de Simon.

Marianne fica na varanda, os dedos selados pelo frio no parapeito metálico. Desse promontório, descortina a cidade, o estuário, o mar. Postes com bulbos protegendo lâmpadas alaranjadas iluminam as estradas principais, o porto e o litoral, chamas frias criando halos empoeirados de um cinza Payne no céu, a iluminação assinalando a entrada do porto na extremidade do grande cais, enquanto além da orla marítima, naquela noite escura, nem um único barco no porto, nem um clarão, mas uma massa lenta, pulsátil, apenas escuridão. No que se transformará o amor por Juliette uma vez que o coração de Simon recomece a bater num corpo desconhecido, no que se transformará tudo o que enchia esse coração, seus afetos depositados lentamente em extratos desde o primeiro dia ou inoculados ali e acolá num elã de entusiasmo ou num acesso de raiva, suas amizades e suas aversões, seus rancores, sua veemência, suas inclinações graves e ternas? No que se transformarão as descargas elétricas que percorriam em grande velocidade seu coração quando uma onda avançava? No que se transformará esse coração transbordante, cheio, cheio demais, esse coração transbordante? Marianne olha no pátio os pinheiros imóveis, os arbustos recolhidos, os carros parados debaixo dos postes de iluminação, as janelas das casas em frente lançando no escuro a luz quente, avermelhados das salas e amarelos das cozinhas — topázio, açafrão, mimosa e esse amarelo de Nápoles ainda mais radiante atrás da vidraças enevoadas—, e o retângulo verde florescente do gramado de um estádio, em breve a refeição do domingo à noite, essa refeição diferente, salgadinhos e comida congelada, rabanadas, crepes, ovos quentes, um ritual que significava que naquela noite ela não cozinharia, depois esparramavam-se no sofá para assistir a uma partida de futebol ou a um filme juntos, e o perfil de Simon se recortava claramente sob a luz do abajur. Ela se volta, Sean está ali, observa-a com a testa colada na janela panorâmica, enquanto Lou adormeceu no sofá.

Outra chamada, outro telefone vibrando sobre a mesa e outra mão pegando o aparelho — esta tem um anel de ouro largo, fosco coberto de espirais. Outra voz sucede o ruído eletrônico — essa soa nervosa, compreendemos bem o porquê quando vemos o nome na tela do celular: "Harfang cir." Alô? E depois outro comunicado — é possível ler a mensagem no rosto da mulher que escuta, a emoção dispara sob a epiderme, em seguida os traços se contraem de novo, o rosto enrugado.

— Temos um coração. Um coração compatível. Uma equipe está a caminho para providenciar a retirada. Vem agora. O transplante ocorrerá esta noite. A senhora entrará na sala de cirurgia por volta da meia-noite.

Ela desliga, respirando pesadamente. Volta-se para a única janela do aposento, levanta-se para abri-la apoiando as duas mãos na escrivaninha para se erguer, dá os três passos seguintes com dificuldade, e maior ainda é o esforço despendido para girar o ferrolho duplo. Atrás da janela, o inverno: uma paisagem endurecida, glacial e translúcida. O frio transforma o barulho da rua em vidro, cada um isolado como o murmúrio da noite numa cidade provinciana; neutraliza o rangido do metrô aéreo freando à entrada da estação Chevaleret; neutraliza os odores e pressiona uma película gélida em seu rosto.

Estremecendo, volta os olhos devagar para a outra calçada do boulevard Vincent-Auriol, para as janelas do prédio, bem à frente de onde ela está, que abriga o departamento de cardiologia do hospital da Pitié-Salpêtrière, onde três dias antes fizera novos exames que confirmaram quanto o estado de seu coração se havia deteriorado, justificando uma solicitação do cardiologista ao Serviço Nacional de Transplantes para inscrevê-la como prioridade na lista de receptores. Ela pensa no que está vivenciando, ali, naquele segundo. Estou salva, ela pensa: vou viver. Alguém em algum lugar morreu de repente, ela pensa. É hoje, é esta noite. Experimenta toda a força desse anúncio, sentindo que jamais iria querer que a excitação desse momento presente se afaste, transformando-se em simples representação, mas que persista. Sou mortal, diz a si mesma.

De olhos fechados, inala profundamente o inverno: o planeta azulado viaja à deriva numa dobra do cosmos, suspenso em silêncio na matéria gasosa, a floresta está estrelada de fendas retilíneas, as formigas vermelhas estão contorcendo-se ao pé das árvores na geada pegajosa, o jardim se dilata — musgos e pedras, grama depois da chuva, ramificações pesadas, garras de palmeira —, a cidade em domo incuba a multidão, crianças nos beliches abrem os olhos no escuro; ela imagina seu coração, um pedaço de carne vermelha e escura, fibrosa e encharcada, tubos por toda parte, esse órgão tomado pela necrose, esse órgão que está parando de funcionar. Fecha a janela. Precisa se arrumar.

Há quase um ano, Claire Méjan alugou esse apartamento de sala e quarto, sem sequer ter olhado o imóvel — bastando no anúncio as referências ao Pitié-Salpêtrière e ao fato de que ele fica no primeiro andar para que ela assinasse um cheque num valor exorbitante para o cara da corretora; o apartamento é sujo, pequeno e escuro, a varanda projetada do segundo andar obscurece sua janela como uma viseira de boné. Mas não lhe resta opção. Ficar doente é isso, diz a si mesma, é não ter escolha — seu coração não lhe permite mais escolhas.

É miocardite. Soube faz três anos, durante uma consulta na cardiologia do Pitié-Salpêtrière. Oito dias antes, ela havia ficado em casa gripada, colocando lenha na lareira crepitante, uma coberta sobre os ombros, enquanto na janela, no jardim, as bocas-de-dragão e as dedaleiras se encolhiam sob o vento. Havia consultado um médico em Fontainebleau queixando--se da febre, das dores e do cansaço, mas tinha negligenciado a menção às palpitações passageiras, à dor no peito, à falta de ar provocada pelo esforço, confundindo esses sinais com a fraqueza, o inverno, a falta de luz, uma espécie de exaustão geral. Tinha saído da consulta munida de um tratamento antigripal, ficaria em casa e trabalharia na cama. Alguns dias depois, vai arrastando-se nas ruas de Paris para visitar a mãe, desmaia, entra em estado de choque: sua pressão arterial cai, sua pele fica pálida, fria e suada. É conduzida à emergência, as sirenes berrando — um clichê de novela americana —, é reanimada e começam os primeiros exames. De pronto, a análise do sangue confirma a existência de uma inflamação, então o coração é examinado. Em seguida, os exames se sucedem: o eletrocardiograma detecta uma anomalia na atividade elétrica, a radiografia revela um coração ligeiramente dilatado, por fim o ecocardiograma estabelece a insuficiência cardíaca. Claire é internada no hospital, transferida para a cardiologia, onde é submetida a exames mais específicos. A coronariografia está normal, o que afasta a hipótese de um infarto, então decidem proceder a uma biópsia do coração: Claire toma uma injeção no músculo cardíaco pela via jugular. Algumas horas depois, o exame termina com um diagnóstico de nove sílabas hostis: inflamação do miocárdio.

O tratamento se desdobra em duas frentes: a primeira, tratar da insuficiência cardíaca — o coração cansa, não bombeia mais sangue de modo eficiente — e dos problemas de arritmia. Prescrevem a Claire repouso obrigatório, zero de esforço físico, tomar antiarrítmicos e betabloqueadores; além disso, um desfibrilador é implantado a fim de prevenir morte súbita. Ao mesmo tempo, tratam a infecção viral prescrevendo imunossupressores e anti-inflamatórios potentes. Mas a doença persiste sob sua forma mais grave, se espalha pelo tecido muscular, o coração se distende cada vez mais, e cada segundo traz em suspenso o risco mortal. A destruição do órgão é considerada irreversível: ela precisa de um transplante. Um coração novo. Um coração de outro ser humano implantado no lugar do seu — os gestos do médico parecem imitar o ato cirúrgico. Em longo prazo é a única solução para ela.

À noite, volta para casa, o filho caçula foi buscá-la no hospital, é ele quem dirige na estrada. Vai aceitar, não vai? murmura baixinho. Ela concorda maquinalmente — está emocionalmente esgotada. Ao chegar à sua casa na orla da floresta, essa casa de conto de fadas onde mora sozinha desde que os filhos cresceram, ela sobe e vai deitar-se no quarto, de costas, os olhos no teto: o medo a prega na cama, infectando os dias futuros sem deixar escapatória. Medo da morte e medo da dor, medo da operação, medo dos tratamentos pós-operatórios, medo de que o órgão seja rejeitado e de que ela tenha de começar tudo de novo, medo da intrusão de um corpo estranho no seu, medo de se tornar uma quimera, de deixar de ser ela mesma.

Ela precisa se mudar. Está correndo risco, morando nesse vilarejo a setenta e cinco quilômetros de Paris, longe das grandes autoestradas.

Inicialmente, Claire detesta o novo apartamento. Quente demais, tanto no inverno como no verão, escuro em plena luz do dia, barulhento. Uma última câmara de compressão antes do centro cirúrgico, mas ela o enxerga como a antecâmara da morte, achando que vai morrer ali sem poder sair porque — embora não esteja acamada — ela se sente aprisionada naquele lugar: não pode sair sem um esforço sobre-humano, subir as escadas lhe causa dor, cada movimento provocando a sensação de que o coração se dissocia do resto do corpo, desprendendo-se de seu lugar dentro da caixa torácica e caindo em pedaços. Essa sensação a torna numa criatura vacilante, claudicante, à beira da ruptura. Dia após dia, o espaço parece se restringir ao seu redor, limitando seus gestos, reduzindo seus movimentos, um isolamento total, como se sua cabeça estivesse presa em um saco de plástico, em uma meia, em alguma coisa fibrosa que abafa sua respiração, como se seus pés estivessem presos na areia movediça. Ela fica mais sombria. Para o filho caçula, que a visita certa noite, admite que está incomodada com a ideia de alguém ter de morrer para que ela receba um coração, é uma situação esquisita, sabe, e isso me cansa.

No início, ela se recusa a se instalar em definitivo. Para quê? Que ela morra ou sobreviva, não ficará ali por muito tempo, é provisório. Mas não deixa seus medos transparecerem, ela se faz de durona. As primeiras semanas passadas nesse apartamento modificam sua relação com o tempo. Não que o tempo tenha mudado de velocidade, desacelerado pela paralisia, pela angústia do sursis ou por tudo o que atrapalha seus movimentos, e nem que o tempo tenha estagnado como o sangue estagna nos pulmões de Claire. Não, pelo contrário, o tempo se desagrega em uma triste continuidade. Logo, a alternância da noite e do dia perde sua distinção — a penumbra contínua do lugar contribui para tal — e ela não faz outra coisa a não ser dormir, sob o pretexto de absorver o choque dessa mudança forçada. Os dois filhos mais velhos gradualmente começam a considerar o domingo o dia de visita, um fato que a entristece, apesar de não saber precisamente o motivo. Às vezes, eles a recriminam pela falta de entusiasmo — afinal de contas, está de frente para o Pitié, não podia ser melhor, dizem eles com a expressão séria. O caçula, por outro lado, aparece a qualquer hora e a abraça por longos momentos — ele é uma cabeça mais alto que ela.

Inverno sinistro, primavera cruel — ela não vê o verde voltando para a floresta, as cores ousadas de novo irrompendo, e sente saudade da vegetação rasteira: os cepos dourados e as samambaias, a luz sondando o espaço em raios verticais, a multiplicidade de barulhos, as dedaleiras espalhadas na meia-luz atrás dos canteiros de flores, em trilhas secretas —, verão sem esperança. Ela fica cada vez mais debilitada (você precisa de uma estrutura, de refeições nas horas certas, de cuidados diários, repetem todos que a visitam e a encontram deprimida, distraída, aérea e até mesmo um pouco inquietante; sua beleza de loura de olhos pretos se altera, corroída pela ansiedade e pela falta de ar fresco), o cabelo está sem brilho, os olhos vidrados, tem mau hálito e vive com roupas frouxas. Seus dois mais velhos tentam encontrar alguém que possa tomar conta dela, uma ajudante para cuidar da arrumação, das compras, do controle dos remédios. Ao saber desse plano, a raiva a recompõe, estão tentando reduzir o pouco de liberdade que lhe resta? Pálida e amarga, balbucia "prisão domiciliar", não suporta mais a opinião dos saudáveis sobre os doentes.

Recebe a primeira ligação na noite de 15 de agosto; a janela está aberta, são vinte horas, mas o calor no aposento é sufocante — é do Pitié, temos um coração, esta noite, agora, sempre a mesma lenga-lenga; ela não está preparada, repousa seu garfo no prato intacto, olha a família amontoada ao redor, reunida para seu aniversário, para a comemoração de seus cinquenta anos, a mãe, os três filhos, a moça que mora com o mais velho e o filhinho, todos imóveis, cotovelos dobrados junto ao corpo como asas de pássaro, à exceção do menino de olhos cor de granada, eu vou, preciso ir, as cadeiras empurradas, as taças de champanhe vibrando, respingando, virando, na maleta a pasta de dentes e o nebulizador, os degraus são descidos com essa lentidão precipitada que faz com que tropecem e discutam — os sorvetes esquecidos na cozinha, esquecida a carteirinha médica, esquecido o telefone —, depois a calçada empoeirada, o céu enfumaçado, as pessoas debruçadas nas janelas, um cara de torso nu passeando com o cachorro, o menino correndo na calçada e apanhado pela mãe, os turistas consultando o mapa à saída do metrô, e enfim o hospital cercado de luzinhas, a internação, o quarto recém-limpo onde ainda espera sentada na beirada da cama que não abrirá, pois afinal ouve agitação no corredor, o barulho de passos, e Harfang aparece à sua frente, pálido e magro, com olheiras: no final, tivemos de recusar o transplante.

Ela o escuta explicar em detalhes sua decisão sem nada manifestar: o coração não é bom, é pequeno e mal vascularizado, é um risco inútil, será preciso esperar mais. Harfang imagina que ela deve estar em estado de choque pela decepção, suas esperanças frustradas, mas, na verdade, ela está aturdida, estupefata, só tem uma coisa em mente: sair dali. Os pés pendem no vazio, o traseiro desliza insensivelmente pela beirada do colchão, ela aterrissa devagar no chão, depois se ergue, vou voltar para casa. Lá fora, os filhos chutam as moitas, que levantam de imediato a poeira ardente, sua mãe debulhada em lágrimas nos braços do filho caçula, a companheira do mais velho continua a perseguir o menininho, que não quer dormir, e tudo se decompõe. O grupo parte na direção oposta, perderam o apetite; impossível retomar a refeição de onde tinham parado, mas podem tomar um champanhe rosé borbulhante nas taças; Claire termina por estender o braço, erguer a taça cheia acima da mesa, sorridente, bonita neste momento: ânimo, aos corações! Não tem graça, você sabe, resmunga o filho caçula.

Depois disso, o tempo muda de natureza, retoma sua forma. Ou melhor, assume a forma da espera: oco e distendido. A partir de então, a única finalidade das horas é estar disponível para a comunicação do transplante, um coração pode surgir a qualquer instante, eu devo estar viva, devo estar pronta. Os minutos se tornam flexíveis, os segundos, maleáveis, e por fim chega o outono, e Claire resolve importar para dentro desses trinta metros quadrados seus livros e luminárias, seu filho caçula instala o Wi-Fi, ela compra uma cadeira de escritório, uma mesa de madeira, reúne alguns objetos: gostaria de voltar a traduzir.

Em Londres, seu editor fica contente com a notícia, envia a primeira publicação de Charlotte Brontë, uma coletânea de poemas publicada com as irmãs sob pseudônimos masculinos: Currer, Ellis e Acton Bell. Passa o outono num chalé gelado açoitado pelos ventos, onde três irmãs e um irmão escrevem e leem juntos à luz de velas, comungam através dos livros, gênios febris, exaltados, torturados, que inventam mundos, percorrem a charneca, bebem litros de chá e fumam ópio. A intensidade deles conquista Claire, que se anima. Cada dia passado trabalhando produz um pequeno lote de páginas e, com o passar das semanas, instaura um ritmo de trabalho, como se fosse uma questão de sincronizar a espera — que se torna mais aguda e clara à medida que o estado do seu coração piora — com outro tipo de temporalidade, o da tradução dos poemas. Por vezes, tem a sensação de substituir as penosas contrações de seu órgão doente por um vaivém fluido, entre o francês, sua língua materna, e o inglês aprendido, a sensação de que esse movimento rotativo cava dentro dela uma sinuosidade em forma de berço, uma nova cavidade; foi preciso aprender outra língua para conhecer a sua, e então se pergunta se esse outro coração lhe permitiria conhecer-se melhor: estou arrumando um lugar para você, meu coração, estou criando espaço para você.

Na noite de Natal, um homem reaparece depois de algum tempo, colocando sobre sua cama uma braçada de dedaleiras púrpuras. Ela o conhece desde a infância, cresceram juntos — amantes, amigos, irmãos, cúmplices, são quase tudo o que um homem e uma mulher podem ser um para o outro.

Claire sorri, é arriscado ter surpresas, tenho problemas cardíacos, você sabe. De fato, ela tem de se sentar e se recompor enquanto ele tira o casaco. As flores vêm do jardim da casa dela, ela tem certeza disso por causa do cheiro. Sabe que são tóxicas?, pergunta apontando com os dedos. Uma dessas que as crianças são proibidas de tocar, cheirar, colher, comer — ela se lembra de contemplar, fascinada, sozinha na rua, os dedos cobertos do pó das fúcsias, e da palavra "veneno", que inflava acima de sua cabeça de criança enquanto as levava à boca. O homem destaca lentamente uma pétala e a depõe na palma de sua mão: tome, olhe. A pétala é de uma cor tão viva que parece artificial, moldagem de plástico; ela treme em sua palma e se cobre de microscópicas rugas enquanto ele declara: a digitalina contida nas flores diminui e regulariza os movimentos do coração, reforça a contração cardíaca, é bom para você.

Naquela noite, ela adormece com as flores. O homem a despe com precaução, destaca as pétalas uma a uma e as dispõe sobre sua pele nua como as escamas de um peixe, uma espécie de quebra-cabeça vegetal que ele transforma com absoluta dedicação, num vestido de gala, murmurando de vez em quando, não se mexa por favor, embora ela tenha adormecido há tempos, num prazer cataplético, ornada e cuidada como uma rainha. Ao despertar, ainda noite, as crianças já estavam agitadas no apartamento do andar de cima, soltavam gritos, os passos martelavam o assoalho, corriam para rasgar os papéis de presente surgidos à noite junto de um pinheiro de Natal ectoplásmico. Seu amigo havia partido. Ela sacudiu as pétalas do corpo e preparou uma salada temperada com azeite de trufa e vinagre balsâmico.

Uma camiseta, algumas calcinhas, duas camisolas, um par de pantufas, produtos de beleza, o laptop, o celular, carregadores. Seu dossiê médico — os formulários administrativos, os últimos exames e esses grandes envelopes rígidos contendo os eletrocardiogramas, as radiografias, as ressonâncias magnéticas. Está contente por estar sozinha na hora de arrumar a bolsa, por descer as escadas com passos precavidos, por ter a oportunidade de ir com calma. Atravessa a rua em diagonal tentando captar o olhar dos motoristas que desaceleram diante dela, escutando os trilhos do trem vibrando acima de sua cabeça, adoraria ver um animal, um tigre seria o ideal, ou uma coruja branca com rosto em formato de coração, mas um cachorro vira-latas também serviria, ver abelhas seria maravilhoso. Está aterrorizada como nunca, anestesiada pelo terror. Mesmo assim, devia telefonar, pensa ao entrar na área do hospital, procura os números dos filhos, envia uma mensagem de texto — é hoje, esta noite —, liga para a mãe, que já deve estar dormindo, depois para o amigo das dedaleiras do outro lado do mundo: os sinais são enviados nesse instante e se expandem para longe através do tempo; volta-se ainda uma vez, descansa o olhar na janela de seu apartamento, e de súbito todas as horas passadas à espera, atrás daquela parede de vidro, condensam-se em um fragmento de tempo e convergem em sua mente no exato instante em que ela cruza o portão do hospital, um estalo de dedos fulgurante que a projeta no recinto, na faixa asfaltada que ladeia os prédios. Depois vira à esquerda, entra no Instituto de Cardiologia, um saguão, dois elevadores — ela se obriga a não pensar em escolher o que lhe trará sorte —, chega ao terceiro andar e a esse corredor iluminado como uma estação espacial, o local de trabalho envidraçado, e Harfang de pé, o jaleco limpo e abotoado, a mecha branca penteada para trás da testa: eu estava à sua espera.

A marguerita se esparrama na parede do estúdio, aterrissando no carpete e deixando um pôr de sol napolitano acima da televisão. Depois de observar, satisfeita, os efeitos do lançamento, a jovem se volta para a pilha de caixas brancas sobre a bancada da cozinha americana, abre com lentidão uma segunda caixa perfeitamente quadrangular, desliza o disco fervente da pizza na palma da mão, planta-se de frente para a parede, o braço dobrado, a mão espalmada, e com um rápido movimento de extensão dispara outro arremesso entre as duas janelas do aposento, nova pincelada, as rodelas de calabresa desenham na parede uma curiosa constelação. Enquanto se prepara para tirar a tampa da terceira caixa, uma pizza borbulhante de quatro queijos, achando que a mistura amarelada de queijos derretidos pode servir como uma espécie de pasta adesiva, um homem sai do banheiro, corado, para na porta do aposento percebendo uma ameaça, e — vendo a jovem se preparando para arremessar o terceiro disco quente na sua direção — instintivamente se atira no chão. Deitado de barriga para baixo, ele logo se vira de modo a observar a jovem de baixo para cima; ela sorri, desvia o olhar dele, os olhos examinando o lugar, em busca de outro alvo para mirar, no final atira a pizza contra a porta de entrada. Em seguida, passa por cima do cara chocado e vai lavar as mãos atrás da bancada. O homem se levanta, verifica que não tem manchas em suas roupas e depois avalia os estragos, girando no próprio eixo, até encarar de novo a jovem parada perto da pia. Ela bebe um copo d'água, os ombros brancos como leite emergem de uma camiseta com as cores do *Squadra Azzurra* cujo decote arredondado deixa entrever os seios pequenos, livres, leves e soltos, as pernas imensas emergem de shorts de tecido azul-acetinado, uma fina película de suor brotando acima da boca; ela fica muito linda quando está com raiva, os maxilares se contraindo sob a pele. Nem olha para ele enquanto cruza e descruza os compridos braços — braço de clássica beleza — ao levantá-los para tirar a camiseta agora inútil, revelando o torso esplêndido, composto de diferentes círculos — seios, auréolas, mamilos, tetas, barriga, umbigo, a dupla isca das nádegas redondas —, que modelam diferentes triângulos apontados para o chão — o isósceles do esterno, o convexo da púbis e o côncavo dos quadris —, que traçam diferentes linhas — a mediana dorsal, que sublinha a divisão do corpo em metades idênticas, sulco que na mulher lembra a nervura da folha e o eixo de simetria da borboleta —, o conjunto pontuado por um pequeno losango escuro na crista esternal — o ossinho da sorte —, uma reminiscência das formas perfeitas das quais admira com olho profissional o equilíbrio das proporções e a harmonia ideal, apreciando acima de tudo a exploração anatômica do corpo humano, e daquele em particular, deleitando-se com sua auscultação, detectando com paixão a menor desarmonia na edificação, o menor defeitinho, a mais ínfima discrepância, uma curva de escoliose acima da lombar, esse sinal de beleza esporular na axila, esses calos entre os artelhos no lugar onde o pé é comprimido pelo bico do escarpim, e esse leve estrabismo que a fazia forçar a vista quando não dormia direito, fonte desse ar dissipado, aquele aspecto de mulher selvagem e arisca de que tanto gosta. Ela enfia uma gola rolê, tira os shorts para colocar o jeans skinny. O espetáculo acabou. Depois calça as botas de salto agulha, caminha para a porta gotejante de gordura, então abre e bate a porta sem olhar o homem plantado no meio daquele apartamento sujo, que, aliviado, a observa partir.

Você deve ir para o hospital do Havre para uma remoção de órgãos — um coração, agora. Quando escutou as palavras da boca de Harfang, pronunciadas exatamente como tinha imaginado durante os últimos meses — de forma curta e seca —, Virgilio Breva quase engasgou pela bola amarga de alegria e decepção que se formou em sua garganta. Embora estivesse de sobreaviso, e embora se sentisse animado com a missão, o anúncio, é verdade, não podia vir em pior hora — conjunção raríssima de dois eventos imperdíveis: um França x Itália + uma Rose excitada em casa. De qualquer modo, levou um bom tempo perguntando-se o motivo de Harfang ter-se dado ao trabalho de ligar em pessoa, detectando na atitude uma intenção perversa que visa humilhá-lo numa noite histórica por saber que ele é fanático por futebol; seus treinos nas manhãs de domingo tinham lhe dado legitimidade para evitar os circuitos ciclísticos — tortura, murmurava Virgilio embasbacado, ao ver o enxame de girinos com capacetes pontudos e bermudas de cores berrantes em marcha, com Harfang bancando a rainha, no centro.

Sentado no banco traseiro do táxi a caminho do Pitié-Salpêtrière, Virgilio desce para os ombros o capuz debruado de pelo e recupera a calma. As tensões da última hora o deixam nervoso quando ele precisa estar em estado de máxima alerta. Pois esta noite será a sua noite, esta noite será uma grande noite. Da qualidade da remoção, depende a qualidade do transplante, é a lei fundamental, e essa noite ele está na linha de frente. Está na hora de retomar o controle, pensa entrecruzando os dedos enluvados de couro, hora de largar essa mulher, essa maluca, hora de priorizar seu instinto de sobrevivência, mesmo que para tanto deva privar-se dela, de seu corpo hiperativo e do êxtase de sua presença. Relembra a hora precedente com assombro: Rose o surpreendendo em casa quando ele tinha planejado sair para assistir ao futebol com os amigos, depois exigindo, adorável mas vagamente ameaçadora, que pedissem pizza e assistissem ao jogo em casa, usando como argumento sutil aquele uniforme de jogadora de futebol —, a tensão erótica superando gradualmente a tensão violenta, tensão com t maiúsculo, da partida entre França e Itália, tudo isso projetando uma possível — e incrivelmente intrigante — felicidade, à qual a chamada de Harfang, às vinte em ponto, tinha acrescido um excesso de agitação febril, as emoções completamente fora de controle. Ele tinha imediatamente pulado e respondido pois não, estou pronto, estou indo, evitando os olhos de Rose mas assumindo uma expressão trágica — sobrancelhas como acentos circunflexos e lábio inferior dobrado sobre o superior, o oval do queixo alongado denotando tristeza —, uma expressão que significava catástrofe, azar, má sorte, destinada a Rose, para quem olhava com uma careta nesse instante, a mão abanando o ar como um palhaço, um comediante medíocre, enquanto o olhar irradiava alegria — um coração! Ela não se deixou enganar. Ele saiu do quarto e foi tomar banho, vestir uma roupa limpa e quente e, na saída do banheiro, a situação tinha degringolado. Havia sido um espetáculo maravilhoso e devastador, mas, visualizando-o agora em câmera lenta, percebendo sua lógica majestosa, apenas parece exacerbar a superioridade de Rose, sua beleza incomparável e seu temperamento explosivo, sua habilidade de dar vazão à cólera numa linguagem corporal soberana conservando um mutismo real quando tantas outras apenas fingiriam. *Splash! Splash! Splash!* E, quanto mais relembra a cena, mais diminui a chance de romper com essa criatura altamente inflamável e completamente única. Não, jamais renunciará a ela, pouco importa o que os outros digam, os que a consideram louca, ou "borderline", como dizem com ar entendido, quando pagariam caro para acariciar aquele trapézio de pele tépida na parte de trás de seu joelho.

Ela havia feito sua primeira aparição no início do ano letivo, empurrando a porta da sala de aula dos cursos do Pitié-Salpêtrière, onde o ensino magistral dos estudantes em fase de especialização consistia em um tipo específico de palestras: o estudo de casos clínicos. Os estudantes frequentavam longas sessões, nas quais situações reais vividas nas unidades ou cenários inventados em função de questões que exigiam um estudo específico eram "representados", para que eles pudessem aprender a escutar o paciente, familiarizar-se com os métodos de auscultação, praticar os diagnósticos, identificar uma patologia, e decidir sobre o protocolo de tratamento. Esses exercícios práticos, elaborados em torno do dueto médico/paciente, aconteciam em público e às vezes precisavam de grupos maiores, a fim de promover uma aptidão a trabalhar juntos e a desenvolver diálogo entre as diferentes disciplinas — tratava-se de lutar contra a segmentação das especialidades médicas, que dividiam o corpo humano num conjunto de regras e práticas distintas umas das outras, tornando impossível enxergar o paciente como um todo. Entretanto, porque era baseado na simulação, esse novo método pedagógico suscitou certa desconfiança: o uso da ficção no processo de aquisição de um saber científico, a própria ideia de uma apresentação em forma de jogo — você será o doutor e você, o paciente — despertou certo ceticismo no corpo docente da faculdade. Apesar disso, a nova abordagem foi liberada, e eles reconheceram que essa nova técnica produzia material interessante, incluindo a subjetividade e a emoção, enfatizando a importância do diálogo médico/paciente, esse diálogo frágil, desvirtuado ou distorcido que era preciso entender e decifrar. Nessa dramatização foi decidido que os estudantes representariam os médicos, para que pudessem treinar o exercício de sua futura função, o que significou que o hospital teve de contratar atores para o papel de pacientes.

Os atores se apresentaram para a audição após a publicação de um pequeno anúncio num jornal voltado aos profissionais do espetáculo. A maioria era composta por atores teatrais, iniciantes bastante promissores ou eternos coadjuvantes de produções televisivas, veteranos de comerciais, dublês, figurantes e extras circulando pelos castings em busca de algum trabalho a fim de ganhar o suficiente para pagar o aluguel — em geral, um alojamento num arrondissement na região nordeste de Paris ou na periferia —, ou se reciclando como coaches nos dias de treinamento de técnicas de venda — em casa ou em outro lugar —, ou às vezes acabando por integrar a lista de cobaias humanas que alugavam os corpos, provando novos iogurtes, testando cremes hidratantes ou xampus contra piolhos, experimentando pílulas diuréticas.

Apareceram tantas pessoas que foi preciso montar um processo de seleção. Professores e médicos formaram o júri — alguns deles, fãs de teatro. Quando Rose entrou na sala de audição e passou na frente das bancadas trajando calça de moletom bordô Adidas, blusa de lurex das cores do sol e tênis de salto plataforma, causou certo burburinho, o interesse deles engatilhado pelo seu rosto e seu corpo. Ela recebeu uma lista de gestos e falas a dizer para ajudá-la improvisar o papel de paciente levada às pressas para o departamento de ginecologia após a descoberta de um caroço suspeito no seio esquerdo e, durante os quinze minutos seguintes, sua atuação ganhou a admiração de todos: ela se deitou de *topless* no chão de ladrilhos da sala, e guiou a mão do estudante, aqui, aqui dói, isso, aí, e depois, enquanto a cena se arrastava, ocorreu um episódio constrangedor: o estudante, verdade, apalpou os seios por um tempo maior do que era estritamente necessário, passando de um seio ao outro, recomeçando mais uma vez, ignorando as regras do diálogo, não escutando as informações essenciais que ela dava, inclusive a intensificação da dor no final do ciclo menstrual, tanto que ela acabou se erguendo de repente, o rosto ruborizado, e deu-lhe uma bofetada. Bravo, senhorita! Foi elogiada e contratada no ato.

Desde o início, Rose desrespeitou em segredo os termos do contrato, achando que esse emprego de "paciente", pelo qual ela havia sido contratada para todo o ano letivo, seria uma oportunidade de aprendizado, a chance de ampliar a gama de seu papel, o poder de sua arte. Desdenhou as patologias banais — as que ela assim considerava —, preferindo dedicar-se tão somente à loucura, à histeria ou à melancolia, um registro no qual se superava, heroína romântica ou perversa, misteriosa, permitindo-se às vezes desvios inesperados no roteiro original — um atrevimento que deixava estupefatos os psiquiatras e neurologistas orientadores das sessões e criava confusão entre os estudantes, tanto que acabaram por implorar que se empenhasse um pouquinho menos; ela fez papel de mulheres afogadas, suicidas, bulímicas, erotômanas, diabéticas, sentindo um prazer particular imitando as mancas, as pessoas com dores (um caso de coxalgia bretã deu margem a um belo diálogo sobre a consaguinidade em Finistère Nord), corcundas (conseguiu imitar a rotação das vértebras na caixa torácica), e tudo o que lhe exigia perturbar seu corpo; regozijou-se ao interpretar uma mulher grávida com contrações prematuras, mas foi menos brilhante na encarnação de uma jovem mãe de família descrevendo os sintomas de um bebê de três meses — o estresse banhava de suor a testa do pediatra; supersticiosa, ela declinou os cânceres.

Entretanto, superou-se naquele dia de dezembro em que teve de simular uma angina de peito. A renomada cardiologista que dirigia o estudo descrevera a dor nestes termos: um urso sentou-se em seu tórax. Impressionada, Rose arregalara os olhos amendoados, um urso? Ela teve de juntar suas lembranças de infância — a imensa jaula fedorenta cheia de rochedos de plástico bege rudemente modelados e o animal enorme, quinhentos quilos, o focinho triangular e os olhos unidos que davam a impressão de vesguice, o pelo rubefaciente empoeirado de areia e os gritos das crianças quando se erguia sobre as patas traseiras, alcançando dois metros de altura; ela relembrou as cenas de caçadas de Ceausescu nos Cárpatos — os ursos subjugados pelos camponeses e engodados com baldes de comida, surgindo do fundo da clareira perto de uma cabana de madeira construída sobre pilotis, avançando até chegarem exatamente na frente da janelinha atrás da qual um agente da *Securitate* armava o fuzil para em seguida entregá-lo ao ditador tão logo o animal estivesse perto o bastante para este não errar o tiro. Por fim, ela se lembrou de uma cena de *Grizzly Man*. Rose tomou impulso no fundo da sala, caminhou até o estudante com quem representaria a cena e ficou imóvel. Vislumbrou o animal na margem da vegetação rasteira, enfiando a cabeça entre os bambus ou balançando sobre as quatro patas, displicente, a pelagem acaju, arranhando preguiçosamente um tronco com as garras não retráteis antes de se voltar na sua direção e se erguer como um homem. Teria vislumbrado o monstro das cavernas alongando-se após meses de hibernação, aquecendo os fluidos estagnados no seu corpo e reativando o gosto do sangue no seu coração? Ou o teria distinguido revirando as lixeiras de um supermercado no crepúsculo, rugindo de alegria sob um luar enorme? Ou teria pensado em outro peso diferente — o de um homem? Ela se jogou para trás no chão — o barulho de seu corpo ao atingir o chão provocou um murmúrio na sala — e, numa convulsão, enrijeceu, soltou um grito de dor, logo abafado num silencioso estertor para em seguida parar de respirar, absolutamente imóvel. Sua caixa torácica pareceu achatar-se e esvaziar sem atividade, enquanto seu rosto inchou, ficando vermelho, os lábios cerrados, ficando logo incolores, os olhos revirados nas órbitas; nesse momento, seus membros começavam a fibrilar, como se fossem atravessados por uma descarga elétrica; tal realismo na atuação não era comum, tanto que algumas pessoas se levantaram para ver melhor, alarmadas com o rosto rubro, o abdômen côncavo, uma silhueta desceu apressada as escadas do anfiteatro, empurrou o estudante, que, imperturbável, começava a balbuciar as primeiras linhas do questionário, e se curvou sobre Rose para reanimá-la, enquanto, por sua vez, a eminente cardiologista se precipitava, mirando as íris das pupilas com a ajuda de uma lanterna. Rose franziu a sobrancelha, abriu um olho, depois o outro, ergueu-se com um solavanco enérgico, olhou curiosa o grupo ao seu redor, e pela primeira vez na vida conheceu o prazer de ser aplaudida. Com as costas retas, inclinou-se diante dos estudantes, que aplaudiam de pé nas arquibancadas.

O jovem que tinha acorrido, furioso por ter sido enganado, reprovou sua falta de comedimento na representação, uma angina de peito não é uma parada cardíaca, está confundindo tudo, são duas coisas diferentes, faltaram-lhe delicadeza e complexidade, você estragou o exercício. Para que ela entendesse, ele lista um a um os sintomas da angina de peito: dor torácica constritiva, sensação de esmagamento em toda a extensão do peito, como se fosse apertado num torno, às vezes apresentando outras dores características no maxilar inferior, em um dos antebraços, ou mais raramente nas costas, na garganta, mas em resumo: ninguém desmaia; depois detalhou os sintomas da parada cardíaca: aceleração do ritmo cardíaco a mais de trezentos batimentos por minuto, fibrilação ventricular que acarreta parada respiratória, o que provoca a síncope, tudo em menos de um minuto. Ele poderia agora começar a detalhar os tratamentos, listar os medicamentos, os antiagregantes plaquetários facilitadores da circulação do sangue e a trinitrina que alivia a dor ao dilatar as vias coronárias; ele está cativado, não sabe mais o que está dizendo, mas não consegue mais parar de falar, lança frases como laços para capturá-la e mantê-la perto de si, logo seu coração dispara num ritmo anormalmente acelerado, uma taquicardia que chega a quase duzentos batimentos por minuto, corre o risco de ter a fibrilação ventricular que acabou de descrever, corre o risco de uma síncope, francamente, de qualquer coisa; Rose se volta para ele, lenta, com o jeito desdenhoso de uma estrela, analisa-o de alto a baixo, explicando-lhe sorrindo que um urso tinha se sentado em seu tórax, ele não sabia?, e maliciosa avisa que está pronta para recomeçar a experiência desde que ele faça o urso, ele tem o físico e a delicadeza de um urso, ela apostaria tudo nisso.

Virgilio Breva de fato lembra um urso por sua lentidão ágil, por seu temperamento explosivo. É um louro-escuro com barba por fazer e cabelos lisos jogados para trás, mas encaracolados na nuca, nariz reto, traços finos dos italianos do norte (região de Friul). Ele tem o passo leve de um dançarino de sardana mesmo chegando perto de cem quilos, com uma corpulência de ex-obeso que o faz parecer um pouco atarracado, cheio, mas sem protuberâncias visíveis, em outras palavras, sem dobras e sem gordura, um corpo que é apenas um pouco carnudo, envolvido por uma camada de gordura de igual compacidade, afinando nas extremidades dos membros e revelando mãos muito bonitas. Mesmo transformado nesse colosso sedutor e carismático — com uma estatura à altura da eloquência da sua voz calorosa, o temperamento entusiasta apesar de marcado pelo excesso, um apetite bulímico por conhecimento e uma incomum capacidade para trabalhar — seu corpo é sujeito à flutuações dolorosas, uma elasticidade que o faz sofrer com sentimentos de vergonha e de medo (o trauma por ter sido ridicularizado como rechonchudo, gorducho, fofão ou simplesmente gordo, a raiva por isso ter gerado desprezo e dificuldades sexuais, desconfianças de toda natureza), originando uma bola de autodesprezo em seu estômago como um suplício. Esse corpo é o grande tormento de Virgilio — constantemente monitorado, examinado por horas quando um cisco caía em seu olho, levado para a emergência por causa de uma queimadura de sol, interrogado intensamente por uma voz rouca, um torcicolo, uma sensação de fadiga — era a sua obsessão mas também seu triunfo, pois as mulheres gostam dele, é incontestável, bastava ver os olhos de Rose passeando por ele. Algumas pessoas maldosas, invejosas de seu sucesso, chegam a afirmar, soltando um risinho, que ele virou médico só para aprender a controlar aquele seu grande corpo, equilibrar seu temperamento, domar seu metabolismo.

Primeiro colocado no curso de medicina em Paris, concluíra sua formação em ritmo acelerado, reduzindo-a a doze anos, incluindo residência e assistência cirúrgica, enquanto a maioria dos estudantes numa situação parecida levava quinze anos (mas também eu não tenho outra opção, por causa da falta de recursos, divertia-se em dizer, com um sorriso charmoso, não faço parte da elite; e isso mexia com ele, o filho de imigrantes, o marginal, o estudante bolsista esforçado; ele sempre exagerava). Tão criativo na teoria quanto prodigiosamente dotado na prática, exibicionista e orgulhoso, movido por uma ambição ilimitada e uma energia inesgotável, muito nervoso, é verdade, e com frequência incompreendido: sua mãe, em pânico por causa de seu sucesso, conectando as hierarquias intelectuais às hierarquias sociais, acabava por olhá-lo com suspeita, perguntando-se como ele tinha conseguido, de que era feito, quem ele achava que era, esse jovem que ficava enfurecido quando a via torcer as mãos e depois enxugá-las no avental, ou quando a ouvia reclamar, no dia da defesa da tese, que sua presença era inútil, que ela não compreenderia nada, que aquele não era seu lugar, que preferia ficar cozinhando um banquete só para ele, as massas e os bolos que ele adorava.

Então ele escolheu o coração e depois a cirurgia cardíaca. As pessoas se surpreenderam, achando que ele poderia ter feito fortuna examinando sinais suspeitos, injetando ácido hialurônico nas rugas de preocupação e botox nas maçãs do rosto, remodelando ventres flácidos de mulheres multíparas, radiografando corpos, elaborando vacinas em laboratórios suíços, dando conferências em Israel e nos Estados Unidos sobre infecções hospitalares, tornando-se nutricionista de renome. Ou poderia cobrir-se de glória optando pela neurocirurgia, até mesmo pela cirurgia hepática, especialidades fascinantes pela complexidade, pelo alto teor de tecnologia de ponta. Em vez disso, escolheu o coração. O bom e velho coração. O motor. A bomba guinchante que entope, que pifa. Eu sou praticamente um encanador, ele adora dizer às pessoas: eu dou tapinhas, escuto o eco, identifico o que tem de errado, troco a peça que falhou, conserto a máquina, tudo isso me convém à perfeição — se achando enquanto fala isso, pulando de um pé para o outro, minimizando o prestígio da disciplina, quando na verdade tudo isso exalta sua megalomania.

Ora, Virgilio escolheu o coração para existir no mais alto nível, contando com a ideia de que a aura soberana do órgão irradiará sobre ele, como irradia sobre os apressados cirurgiões cardíacos nos corredores dos hospitais, encanadores e semideuses. Pois o coração é mais que o coração, como sabia muito bem. Mesmo deposto de seu trono — o músculo continuando a bombear não sendo mais suficiente para separar os vivos dos mortos —, para Virgílio esse é o órgão central do corpo, o lugar das mais cruciais e essenciais manifestações da vida, e a seus olhos sua estratificação simbólica permanece intacta. Mais do que isso, sendo ao mesmo tempo tanto um mecanismo sofisticado como o operador da superpotente imaginação humana, Virgilio o considera a pedra angular das representações que ordenam a relação do homem com o próprio corpo, com os humanos, com a Criação, com os deuses, e o jovem cirurgião se maravilha em fazer parte de tudo isso, uma presença recorrente nesse ponto mágico da linguagem sempre situado na exata interseção do literal e do figurado, do músculo e do afeto; deleita-se com as metáforas e figuras que o destacam como a própria analogia da vida e repete sem cessar que, por ser o coração o primeiro a aparecer, também seria o último a desaparecer. Uma noite no Pitié, à mesa com colegas na sala de plantão diante do grande afresco pintado pelos internos — um espetacular emaranhado de cenas sexuais e proezas cirúrgicas, espécie de suruba sangrenta, engraçada e mórbida onde entre bundas, seios e paus enormes surgiam algumas figuras de destaque, dentre elas um ou dois Harfang, em geral retratados em posturas obscenas, de quatro ou papai e mamãe, bisturi na mão —, ele fez o relato da morte de Joana D'Arc; nesse instante teatral, os olhos reluzentes como bolas de obsidiana, contou lentamente como a cativa fora transportada numa carroça da prisão até a Place du Vieux-Marché, onde uma multidão se aglomerava para vê-la; descreveu a silhueta miúda na túnica banhada de enxofre para acelerar as labaredas, a fogueira bem alta, o carrasco Thérage subindo para amarrá-la na estaca — Virgilio, encorajado pela atenção dos que o escutavam, imitou a cena, apertando nós sólidos em cordas invisíveis, antes de incendiar os feixes com mão experiente, abaixando o braço com a tocha sobre os carvões e as madeiras viscosas, a fumaça subindo, os gritos, os apelos de Joana antes da asfixia, depois o cadafalso em brasas como uma tocheira, e esse coração descoberto intacto depois do corpo consumido, vermelho debaixo das cinzas, inteiro, tanto que foi preciso reacender o fogo para acabar com ele.

Estudante excepcional, residente extraordinário, Virgilio intriga os mandachuvas do hospital mas pena para encontrar um espaço nos grupos de aspirantes a cirurgião, professando com igual radicalidade um anarquismo ortodoxo e um ódio pelas "famílias", aquelas castas incestuosas, aquelas conivências biológicas — quando, no entanto, como tantos outros, é fascinado por todos os Harfang da unidade, atraído pelos herdeiros, cativado por seu reino, sua saúde, pela força de seu número, curioso quanto a suas propriedades, seus gostos e suas expressões idiomáticas, seu humor, sua quadra de tênis de terra batida, tanto que ser recebido em sua casa, participar de sua cultura, beber seu vinho, cumprimentar sua mãe, dormir com suas irmãs — uma devoração crua —, tudo isso o deixa louco, obcecado como um doente, ele trama para chegar lá, tão concentrado quanto um encantador de serpentes, depois se odeia ao despertar e encontrar-se nas camas deles, de repente grosseiro, maldosamente insultante, um malcriado chutando para baixo da cama a garrafa de Chivas, destruindo a porcelana de Limoges e as cortinas de chintz, e sempre terminando por fugir, uma alma perdida.

Sua entrada no departamento de cirurgia cardíaca do Pitié-Salpêtrière aumenta sua confiança: consciente de seu valor, despreza de imediato as rivalidades mesquinhas dos médicos cortesãos, ignora delfins e herdeiras servis, e começa a trabalhar para se aproximar de Harfang, uma aproximação tão íntima de modo a ouvi-lo pensar, duvidar, tremer, de modo a captar sua decisão no momento em que é tomada e percebê-la no movimento de seu gesto. Sabe que a partir de agora aprenderá com ele o que jamais poderá aprender em outro lugar.

Virgilio verifica na tela de seu *telefonino* a escalação da seleção italiana, verifica se Balotelli joga, Motta também, *yes*, ainda bem, e Pirlo, e Buffon também; depois troca prognósticos e insultos com dois outros chefes de clínica que essa noite irão instalar-se diante de uma tela gigantesca de plasma e beberão à sua saúde, franceses que detestam a defesa italiana e torcem por um time fisicamente mal preparado. O carro corre ao longo do Sena, plano e liso como uma pista, e à medida que vai se aproximando da entrada do hospital pelo lado de Chevaleret, tenta diminuir sua agitação e seu tormento. Em breve, não responderá às mensagens dos outros dois, apenas sorrirá, deixando de lado a elevada quantia das apostas. O rosto de Rose reaparece, ele se prepara para escrever uma mensagem de texto sedutora — algo assim: a curva dos seus olhos cerca meu coração —, depois muda de opinião, essa mulher é doida, doida e perigosa; esta noite nada deve perturbar sua concentração, seu controle, afetar o sucesso de seu trabalho.

As equipes de remoção de órgãos começam a chegar às vinte e duas horas. As de Rouen chegam de carro, apenas uma hora de estrada as separa do Centro Hospitalar Universitário do Havre, enquanto as de Lyon, Strasbourg e Paris vão chegar de avião.

As equipes organizaram o transporte, ligando para uma companhia de aviação que aceitou a missão nesse domingo, e verificaram a abertura noturna do pequeno aeroporto de Octeville-sur-Mer, formalizando todos os detalhes logísticos. No Pitié, Virgilio caminhava impaciente de um lado para outro ao redor da enfermeira de plantão, que estava ligando freneticamente para todo mundo, e nem olha para a jovem de casaco branco que também estava ali esperando em pé, em silêncio, e que, quando seus olhares finalmente se cruzaram, descolou-se da parede e avançou em sua direção, bom dia, Alice Harfang, sou a nova médica residente da unidade, estou na equipe de remoção com o senhor. Virgilio a examinou: ela não tinha a famosa mecha branca, mas ele entendeu que ela era uma deles: feia, idade indefinida, olhos amarelos e nariz adunco, alguém com as costas protegidas. Sua expressão se tornou sombria. Não gostou especialmente do lindo mantô branco com gola de pelo. Francamente, não era uma roupa adequada para desfilar em hospitais. É o tipo de patricinha que aparece no trabalho mas não está nem aí e acha que grana cresce em árvores, pensou, irritado. Ok, acredito que você não tenha medo de avião, não é?, interrogou em tom seco, depois deu-lhe as costas enquanto ela respondia não, de jeito nenhum; a enfermeira de plantão estendia-lhe a agenda recém-impressa, já podem ir, o avião está na pista de decolagem, a partida está marcada para daqui a quarenta minutos. Virgilio pegou sua bolsa e se dirigiu para a saída da unidade sem olhar para Alice, que caminhava atrás dele, depois pegou o elevador, o táxi, as vias principais para o aeroporto de Bourget, onde cruzaram com homens de negócios afetados pelo fuso horário usando compridos sobretudos de cashmere, apertando contra si pastas luxuosas, e logo os dois subiam num Beechcraft 200 e prendiam o cinto sem trocar uma só palavra.

A meteorologia é favorável: ainda nada de neve e pouco vento. O piloto, um trintão bem-apessoado, dentes perfeitamente alinhados, anuncia as boas condições de voo e um percurso estimado em quarenta e cinco minutos. Em seguida, desaparece na cabine. Assim se que sentam, Virgilio mergulha numa revista de finanças que alguém deixou em seu assento, enquanto Alice se volta para a janela e observa o enredo colorido das ruas de Paris à medida que o aviãozinho vai ganhando altitude — o formato amendoado, o rio e as ilhas, as praças e as grandes artérias, as zonas claras dos bairros com vitrines, as zonas sombrias dos conjuntos habitacionais, os bosques, tudo isso desaparecendo na escuridão quando o olhar se desloca do coração da capital para os confins, para além do anel luminoso das grandes estradas periféricas; ela segue o curso desses minúsculos pontos vermelhos e amarelos deslizando por estradas invisíveis, silenciosa movimentação da crosta terrestre. Em seguida, o Beechcraft sobe através das nuvens e alcança a noite celeste. Então, sem dúvida por estarem desconectados do solo, projetados além de todos os identificadores sociais, Virgilio pensa sobre quem o acompanha de forma diferente — talvez comece a achá-la menos repelente —, é sua primeira remoção?, pergunta. Surpresa, a jovem desvia o olhar da janela e o fita: sim, primeira remoção e primeiro transplante. Fechando a revista, Virgilio avisa à mulher: a primeira parte da noite pode ser um pouco impressionante, é uma remoção múltipla de órgãos, o garoto tem dezenove anos, provavelmente retiraremos tudo, os órgãos, os vasos sanguíneos, os tecidos, vamos raspar tudo. Sua mão abre e fecha numa contração de punho ultrarrápida. Alice o fita — sua expressão enigmática tanto poderia significar "estou com medo" quanto "sou uma Harfang, esqueceu?" —, depois se apruma, afivela de novo o cinto de segurança, enquanto Virgilio, de repente desestabilizado, faz o mesmo; iniciam a descida em Octeville.

O pequeno aeroporto foi aberto especialmente para eles, a pista está assinalada por balizas reluzentes, o topo da torre iluminado, o veículo pousa, agitado por solavancos espasmódicos, a porta desliza e a escada se desdobra, Alice e Virgilio descem na pista de pouso e, a partir desse instante, um único e mesmo movimento os conduz, parecem mover-se numa esteira rolante, uma trajetória contínua e magicamente fluida, atravessando um exterior deserto (esse perímetro de asfalto de onde se ouve o mar), um interior móvel e aconchegante (o táxi), um exterior congelado (o estacionamento do hospital), um interior do qual, instantemente, reconhecem os códigos (a unidade cirúrgica).

Thomas Rémige os recebe, como o cabeça da família. Apertos de mão, cafés expressos, apresentações, conexões se estabelecem e, como sempre, o nome de Harfang irradia sua aura. Ele enumera os participantes: cada equipe é composta por uma dupla, um cirurgião sênior e um residente, aos quais se juntam o médico anestesista, a enfermeira anestesista, a enfermeira da sala de cirurgia, a ajudante de enfermagem e ele, ou seja, treze no total, uma multidão dentro da sala, a cidadela inexpugnável, zona de segredo acessível apenas aos detentores dos múltiplos códigos de segurança; droga, vai estar superlotado lá dentro, pensa Thomas.

A sala de cirurgia está pronta. As lâmpadas cialíticas projetam sobre a mesa de operação uma luz branca, vertical e sem sombra, os spots reunidos num buquê circular convergem seus fachos sobre o corpo de Simon Limbres, que acabam de trazer na maca, e que ainda apresenta a mesma animação. É ainda emocionante vê-lo assim. Colocado no centro da sala, ele é o coração do mundo. Um primeiro círculo ao seu redor delimita a zona estéril que não pode ser cruzada por ninguém estranho à operação: nada deve ser tocado, maculado, infectado, os órgãos que se preparam para retirar ali são objetos sagrados.

Num canto da sala, Cordélia Owl examina tudo. Ela mudou de roupa e deixou seu celular num armário do vestiário. O fato de se separar dele — deixando de sentir contra o quadril a forma dura do estojo preto, vibrátil e sorrateiro como um parasita — a transportou para outra realidade: sim, é aqui que tudo acontece, pensa, os olhos focados naquele rapaz estendido à sua frente, meu lugar é aqui. Treinada no centro cirúrgico, conhece o lugar, mas ela só presenciou intensas mobilizações destinadas a salvar os pacientes, a mantê-los vivos, e custa a compreender a operação que se delineia, pois o jovem já está morto, não está?, e o objetivo da cirurgia é salvar outras vidas. Ela preparou o material, arrumou os instrumentos, e agora recapitula em voz baixa a ordem de preparação dos órgãos, murmurando por trás da máscara: 1) rins; 2) fígado; 3) pulmões; 4) coração; depois recomeça de trás para frente, recita o andamento da remoção estabelecida em função da duração de isquemia tolerada pelos órgãos, em outras palavras, sua duração de sobrevida uma vez interrompida a vascularização: 1) coração; 2) pulmões; 3) fígado; 4) rins.

O corpo está estendido, nu, braços em cruz, a fim de deixar livre a caixa torácica e o abdômen. Ele está preparado, raspado, pincelado, depois recoberto por um campo estéril que delimita uma janela de pele sobre seu corpo, um perímetro cutâneo cobrindo o tórax e o abdômen.

Vamos lá. Podemos começar. A primeira equipe se apresenta na sala de cirurgia, os urologistas que põem a bola em jogo — são eles que abrem o corpo e o fecharão no final. Dois homens começam a trabalhar, dupla bizarra, o Gordo e o Magro, o cirurgião delgado e alto e o residente gordo e baixo. É o alto e magro quem primeiro se inclina e faz uma incisão no abdômen — uma laparotomia bissubcostal, de modo que uma espécie de cruz se desenha sobre o abdômen. Dessa forma, o corpo é dividido em duas zonas distintas na altura do diafragma: a zona do abdômen, onde se alojam o fígado e os rins, e a zona do tórax, onde se alojam os pulmões e o coração. Em seguida, os dois aplicam afastadores autoestáticos na incisão, abrindo-os manualmente para alargar a abertura — essa ação exige força física, aliada a uma técnica meticulosa e de repente, num ambiente dominado pela tecnologia, fica evidente a dimensão manual da operação, a confrontação física com a realidade necessária nesse lugar. A parte interna do corpo, entranhas turvas e gotejantes, avermelha-se sob as lâmpadas.

Um a um, os médicos preparam a remoção. Lâminas ágeis e rigorosas circundam os órgãos a fim de liberá-los de suas conexões, de seus ligamentos, de suas diferentes embalagens — mas nada ainda é seccionado. Os urologistas, postados de cada lado da mesa, conversam durante esse procedimento, o cirurgião aproveitando essa intervenção para formar o residente: curvado sobre os rins, ele decompõe seus gestos e descreve a técnica enquanto o aluno aquiesce, por vezes pergunta.

Uma hora mais tarde, o time da Alsácia faz a sua entrada, são duas mulheres de igual estatura e corpulência: a cirurgiã, uma das estrelas ascendentes no mundo relativamente seleto da cirurgia hepática, se abstém de qualquer palavra, mantém o olhar impassível por trás dos pequenos óculos de aro de metal e trabalha seu fígado com uma determinação que se parece com a de alguém que está envolvido numa rixa, totalmente empenhada numa ação que parece encontrar sua plenitude no exercício em si, em sua prática, e a equipe que a acompanha não desgruda os olhos das mãos de uma destreza inaudita.

Mais trinta e cinco minutos transcorrem e a equipe torácica entra em cena. Chegou a vez de Virgilio; é a sua vez de brilhar. Informa às duas alsacianas que está pronto para a incisão, e logo em seguida realiza a secção longitudinal do esterno. Ao contrário dos outros, não se curva, mantém as costas eretas, a nuca inclinada e os braços estendidos — um modo de manter distância do corpo. O tórax é aberto e então Virgilio descobre o coração, seu coração, avalia o volume, examina os ventrículos, as aurículas, e enquanto observa seu belo movimento contrátil, Alice o observa admirar o órgão. O coração é magnífico.

Ele procede com uma rapidez estupenda, braços de competidor de luta livre e dedos de bordadeira, disseca a aorta e, a seguir, uma a uma, as veias cavas: desemaranhando o músculo. Alice, parada à sua frente, do outro lado da mesa de operação, capturada pelo que vê, pelo desfile em torno desse corpo, pela soma de ações de que é objeto, observa o rosto de Virgilio, pergunta-se o que significa para ele operar um morto, o que ele está sentindo, no que está pensando, e de repente o espaço ao seu redor parece vacilar, como se a separação entre os vivos e os mortos houvesse deixado de existir ali.

Concluída a dissecação, é hora da canulação. Os vasos são perfurados com agulha a fim de introduzir pequenos cateteres pelos quais transitará o líquido destinado a esfriar os órgãos. O anestesista fiscaliza nas telas o estado hemodinâmico do doador — absolutamente estável —, enquanto Cordélia entrega os instrumentos solicitados aos cirurgiões, tratando de repetir o nome da compressa, o número da pinça e da lâmina no instante de colocá-la na palma da mão enluvada de plástico estendida bem à sua frente, e quanto mais distribui, mais a voz adquire firmeza, mais tem a sensação de conquistar seu lugar. Está tudo pronto agora, a canulação foi concluída, vão poder pinçar a aorta — e cada um dos médicos presentes na sala de cirurgia verifica, no mapa anatômico que acabaram de receber, a parte destinada a eles.

Podemos pinçar? Na sala de cirurgia, a voz elevada de Virgilio, embora abafada pela máscara, faz Thomas sobressaltar-se. Não, espere! gritou. Os olhos convergem para ele, as mãos imobilizadas acima do corpo estendido, os braços dobrados em ângulo reto, a intervenção é suspensa enquanto o coordenador se esgueira para ter acesso à mesa e aproximar-se do ouvido de Simon Limbres. O que murmura então, com a voz mais humana, apesar de saber que suas palavras se precipitam num vazio letal, é a litania prometida dos nomes, os nomes dos que o estão escoltando; ele lhe sussurra que Sean e Marianne estão com ele, e Lou também, e Vovó, ele murmura que Juliette está ali do lado dele — Juliette, que agora sabe de Simon, através de um telefonema de Sean por volta das vinte e duas horas, depois de ela ter deixado mensagens cada vez mais atormentadas no celular de Marianne; um telefonema incompreensível, pois o pai de Simon parecia não dizer coisa com coisa, não conseguia mais formular uma frase, mas sim estertores, sílabas entrecortadas, fonemas gaguejados, soluços, então Juliette compreendeu que só lhe restava escutar isso, que não havia palavras, que era isso o que devia escutar, e com um suspiro respondera estou indo, depois saíra às pressas, correndo pela noite a fim de chegar ao apartamento dos Limbres, descendo em disparada a costa íngreme, sem casaco, sem echarpe nem nada, um elfo de tênis, as chaves em uma das mãos, o celular na outra, e logo o frio cortante como vidro transformou-se em queimadura, ela se consumia na ladeira, figurinha desmantelada, várias vezes quase caindo, tamanha a dificuldade para coordenar os passos, e respirando errado, não como Simon ensinara, não observava nenhuma regularidade e esquecia de expirar, a frente das tíbias doloridas e os calcanhares ardendo, os ouvidos tapados como nas aterrissagens, pontadas a perfurar-lhe o abdômen, embora curvada continuou em disparada pela calçada estreita demais, arranhando o cotovelo no alto muro de pedra que cerca a curva, despencava pelo mesmo caminho que ele escalara por ela cinco meses antes, a mesma curva perigosa mas em sentido inverso, no dia da *Balada dos enforcados* e da cápsula amorosa de plástico vermelho que haviam levantado juntos naquele dia, o primeiro dia, agora ela corria desembestada e os carros que passavam subindo por ela, ao capturá-la nos fachos brancos de seus faróis, desaceleravam; espantados, os motoristas continuavam a observá-la pelo retrovisor, uma menina de camiseta na rua, àquela hora, naquele frio, e com aquela expressão de pânico!; depois ela viu a janela panorâmica da sala de estar apagada e acelerou ainda mais, ingressou na residência atravessando um espaço coberto de canteiros de flores e de sebes que lhe pareceu como uma selva hostil, depois avançou pela escadinha, onde escorregou, o tapete de folhas coagulado pelo frio formando uma camada de gelo, e esfolou o rosto e cobriu de lama a têmpora e o queixo, depois subiu de novo as escadas, três andares, e quando chegou, desfigurada como os outros, irreconhecível, Sean abriu a porta antes mesmo que ela tocasse a campainha, e a tomou nos braços, a apertou, enquanto atrás dele, no escuro, de casaco, Marianne fumava perto da pequena Lou adormecida, ah, Juliette, então vieram as lágrimas —, depois Thomas tira do bolso os fones de ouvido que esterilizou e os coloca nos ouvidos de Simon, liga o iPod, faixa 7, e a última onda se forma no horizonte, e diante das falésias ela sobe até invadir o céu inteiro, se forma e se deforma, revelando em sua metamorfose o caos da matéria e a perfeição da espiral, raspando o fundo do oceano, levantando as camadas sedimentares e sacudindo aluviões, revelando fósseis e virando baús cheios de tesouros, mostrando esses invertebrados que a densidade do tempo aprofunda, essas amonites com conchas de cento e cinquenta milhões de anos, essas garrafas de cerveja, essas carcaças de aviões e essas armas de fogo, essas ossadas esbranquiçadas como cortiça, o fundo submarino tão fascinante quanto um gigantesco vazadouro e uma película ultrassensível, pura biologia, a onda levanta a pele da terra, revolvendo a memória, regenerando o solo no qual Simon Limbres viveu — a doce duna onde ele dividiu com Juliette uma embalagem de batatas fritas, o pinheiral onde os dois se abrigaram durante a chuva de verão e os bambuzais logo atrás, as hastes de quarenta metros oscilando como fazem na Ásia; naquele dia as gotas mornas perfuravam a areia cinzenta e os odores se misturavam, acres e salgados, os lábios de Juliette da cor da toranja —, depois enfim a chuva explode e se esparrama, os respingos voltejam, é uma conflagração e um esplendor, enquanto em torno da mesa de cirurgia o silêncio pesa; aguardam, os olhos se cruzam acima do corpo, os artelhos dos pés espasmam, os dedos suspensos, mas todos aceitam que é justo fazer aquela breve pausa antes de parar o coração de Simon Limbres. Concluída a faixa, Thomas retira os fones de ouvido e retoma o seu lugar. De novo: podemos pinçar?

— Pinça!

O coração para de bater. O corpo é lentamente purgado do sangue, substituído por um líquido refrigerado que, injetado com rapidez, vai lavar os órgãos internos, enquanto blocos de gelo são imediatamente dispostos ao redor deles — e sem dúvida nesse instante Virgilio lança um olhar sobre Alice Harfang a fim de ver se ela não está prestes a apagar, pois o sangue que escorre do corpo é despejado dentro de um balde, e o material plástico do receptáculo amplifica os sons como uma câmara de eco, e esse barulho impressiona mais do que a visão; mas não, a jovem está ali, perfeitamente estoica, apesar da testa pálida e salpicada de suor, e ele volta ao trabalho e a contagem regressiva recomeça.

O tórax se torna, mais uma vez, um campo de batalha ritual em que cirurgiões cardíacos e cirurgiões torácicos lutam para obter um comprimento maior desse pedaço de tronco de veia, ou para ganhar alguns milímetros suplementares de artérias pulmonares — Virgilio, mais tenso que os colegas, acaba esbravejando com o cara em frente, dá para deixar pra mim um pouco de margem, um ou dois centímetros, ou é pedir demais?

Thomas Rémige saiu de fininho do centro cirúrgico, com o objetivo de telefonar para as diferentes unidades onde acontecerão os transplantes e informá-las quanto à hora do pinçamento da aorta — 23:50 —, dado que refina de imediato o cronograma da futura operação: preparação do receptor, transporte do órgão, transplante. Ao voltar, a primeira retirada é concluída em meio ao mais absoluto silêncio. Virgilio procede à ablação do coração: as duas veias cavas, as quatro veias pulmonares, a aorta e a artéria pulmonar são seccionadas — cesuras impecáveis. É feita a excisão do coração do corpo de Simon Limbres. É uma loucura, pode-se vê-lo — ali, suspenso no ar —, por um breve instante é possível apreender sua massa e seu volume, tentar captar sua forma simétrica, seu duplo bojo, sua bela cor carmim ou vermelho-mercúrio, tentar enxergar nele o pictograma universal do amor, o naipe do baralho, o logo da camiseta — I♥NY —, a escultura em baixo-relevo nos túmulos e relicários reais, o símbolo de Eros, o charlatão, a representação do sagrado coração de Jesus na imagem devota — o órgão exibido na mão e apresentado ao mundo, derramando lágrimas de sangue mas com um halo de luz radiante — ou qualquer ícone de texto designando a infinita variedade das emoções sentimentais. Virgilio o apanha e logo o mergulha num bocal cheio de um líquido translúcido, uma solução de cardioplegia garantindo a temperatura de 4°C — trata-se de esfriar rapidamente o órgão, a fim de conservá-lo —, em seguida o conjunto é protegido dentro de um saco plástico estéril com soro fisiológico, depois em um segundo saco plástico, e tudo é guardado dentro de uma caixa isotérmica com gelo engastada sobre rodinhas.

Lacrado o recipiente, Virgilio cumprimenta todo mundo, mas ninguém ao redor do corpo de Simon Limbres levanta a cabeça, ninguém reage, exceto o cirurgião torácico inclinado sobre os pulmões, que, debruçado sobre o tórax, lhe responde com a voz forte, você não me deixou grande coisa de margem, seu filho da puta, e solta uma gargalhada entrecortada, enquanto a campeã de Strasbourg se prepara para recortar o fígado tão frágil, concentrando-se como uma ginasta antes de subir na barra de cavalo — por um instante, você meio que espera que ela mergulhe as mãos numa tigela de pó de magnésio e esfregue as palmas —, enquanto os urologistas aguardam pacientes para se apropriar dos rins.

Alice hesita. Focada na cena, observa uma a uma as pessoas reunidas em torno da mesa e o corpo inanimado que é o centro radiante — *A lição de anatomia*, de Rembrandt, passa num flash diante de seus olhos; recorda que o pai, um oncologista de unhas compridas e tortas como garras, havia pendurado uma reprodução do quadro na entrada do apartamento da família, e costumava exclamar, dando-lhe pancadinhas com o indicador: veja, é isso o homem, é isso que nós somos! Mas ela era uma criança sonhadora e preferia enxergar um concílio de feiticeiros, e não os médicos que povoavam seu parentesco, e observava por um tempão os estranhos personagens admiravelmente dispostos em torno do cadáver, os trajes de um negro profundo, os rufos imaculados sobre os quais repousavam as sábias cabeças, o luxo das pregas tão preciosas quanto origamis de papel-arroz, as passamanarias de rendas e as barbichas delicadas, e no meio aquele corpo lívido, aquela máscara misteriosa e o corte no braço deixando ver os ossos e os ligamentos, as carnes onde a lâmina do homem de chapéu negro se enfiava, quando, mais do que admirar, ela escutava a tela, fascinada pela troca ali manifestada, e acabou por aprender que furar a parede peritonial foi por muito tempo considerado um ataque à sacralidade do corpo do homem, essa criatura de Deus, e compreendeu que toda forma de conhecimento continha um elemento de transgressão. Foi assim que ela decidiu "fazer medicina", supondo que ela tivesse voz ativa nessa escolha, já que, no final da contas, ela era a mais velha de quatro meninas, a filha que o pai carregava para o hospital às quartas-feiras, a quem ele ofereceu no aniversário de treze anos um estetoscópio profissional cochichando-lhe ao ouvido: os Harfang são uns babacas, minha pequenina Harfang, você vai superar todos.

Alice recua devagar e tudo em seu campo de visão se congela e se ilumina como num diorama. De repente, o que ela vê no lugar do corpo estendido não é mais simplesmente matéria, um material que podem usar e dividir, não mais um mecanismo enguiçado aberto para separar as peças boas, mas um material de potencialidade infinita: um corpo humano, sua força e seu fim, seu fim humano — e é essa emoção, mais do que qualquer chafariz de sangue despejado dentro de um balde de plástico, que seria capaz de fazê-la desmaiar. A voz de Virgilio já longe às suas costas, você vem? O que deu em você? Mexa-se! a faz dar meia-volta e sair correndo para alcançá-lo no corredor.

Uma transportadora especializada os conduz novamente ao aeroporto. O veículo parte a uma grande velocidade enquanto eles observam o movimento dos números no relógio do painel, seguindo a dança das varinhas luminosas que apontam

para baixo e depois de novo para cima, em seguida o olhar se desloca para os ponteiros de seus relógios, sobre as formas em pixel nas telas de seus celulares. Uma ligação, o telefone de Virgilio se ilumina. É Harfang. Como ele é?
— Perfeito.

Eles contornam a cidade pelo norte, e pegam a estrada de Fontaine-la-Mallet, ladeando as formas a um só tempo compactas e indeterminadas dos bairros da periferia, prédios plantados nos campos atrás da cidade, enxames de blocos de apartamentos situados em torno de um semicírculo de asfalto, atravessam uma floresta, ainda nenhuma estrela no céu, nenhum piscar de luz de avião ou de disco voador, nada. Na estradinha, o motorista pisa no acelerador bem acima dos limites de velocidade, é experiente e acostumado a esse tipo de missão, ele olha à frente, os antebraços imóveis e estendidos, e murmura num minúsculo microfone preso a um fone de ouvido de última geração, estou chegando, não caia no sono, estou chegando. A caixa está imobilizada no compartimento atrás e Alice visualiza as diferentes paredes herméticas que encapsulam o coração, essas membranas protetoras, imagina ser ele o motor a propulsioná-los no espaço como o reator de um foguete. Ela se vira de lado para olhá-lo por cima do dossiê, decifra na escuridão a etiqueta colada no isopor, e repara, entre as informações necessárias ao rastreamento do enxerto, a estranha menção: elemento ou produto do corpo humano para uso terapêutico. E, logo abaixo, o número Cristal do doador.

Virgilio recosta a cabeça no banco e expira. Os olhos pousam no perfil de Alice, sombra chinesa contra o vidro, e de súbito perturbado por sua presença, pergunta num tom de voz baixo: tudo bem? A pergunta é inesperada — esse cara foi tão desagradável até agora —, o rádio propaga a voz de

Macy Gray repetindo o refrão *shake your booty boys and girls*, *there is beauty in the world*; de súbito, Alice sente vontade de chorar — uma emoção que invade seu interior e a ergue num tremor —, mas retém as lágrimas, aperta os dentes desviando o rosto: sim, tudo, perfeito. Ele tira então o celular do bolso pela enésima vez, mas, em vez de verificar a hora, bate nas teclas, pouco a pouco se irrita, não está carregando, resmunga, merda, merda. Sentindo-se segura, Alice pergunta, algum problema? Virgilio não levanta a cabeça para responder, é o jogo, queria saber o resultado da partida, e então, sem se voltar, o motorista anuncia com frieza Itália 1 x 0. Virgilio solta um grito, ergue o punho no carro, depois pergunta de imediato: gol de quem? O cara acende o pisca e freia: o espaço esbranquiçado de um cruzamento iluminado surge à frente. Gol de Pirlo. Alice, impressionada, observa Virgilio digitando a toda velocidade uma ou duas mensagens de texto de vitória murmurando muito bom, uma sobrancelha levantada, esse Pirlo é um jogador incrível!, seu sorriso toma seu rosto, e já estão no aeroporto, o murmúrio do mar pertinho abaixo da falésia, e a caixa sendo empurrada pela pista até a passarela, içada na cabine do piloto, essa caixa matrioska que contém a bolsa de segurança de plástico transparente, que contém o recipiente, que contém a redoma especial, que contém o coração de Simon Limbres, que contém nada menos que a vida em si, uma potencialidade de vida, e que cinco minutos depois está em voo.

Como se pode imaginar, Marianne não consegue dormir. Atormentada pela dor — não tomou um sonífero nem outro tipo de remédio —, ela mergulha num estado de transe, a única forma para lidar com a situação. Às vinte e três e cinquenta, nós a vemos se erguer em sobressalto do sofá da sala — é possível que ela tenha captado o instante em que o sangue cessou de fluir na aorta? É possível ter tido a intuição desse momento? Apesar dos quilômetros estendidos no estuário, entre o apartamento e o hospital, uma proximidade impalpável dá à noite uma profundidade mental fantástica, vagamente assustadora, como se contornos magnéticos enrijecessem numa falha espaçotemporal e a conectassem a esse espaço proibido onde se encontra seu filho, tecendo uma zona de vigília.

Noite polar: o céu opaco parece dissolver-se, a camada de nuvens como lã parece esfarrapar-se, surge a Ursa Maior. O coração de Simon migra agora, em fuga sobre as órbitas, sobre os trilhos, as estradas, transferido dentro dessa caixa cuja parede plástica ligeiramente granulosa brilha nos fachos de luz elétrica, transportado com inaudito cuidado como outrora eram transportados os corações dos príncipes, como transportavam suas entranhas e seus esqueletos, os restos mortais divididos para serem repartidos, inumados numa basílica, numa catedral, numa abadia, a fim de garantir direitos à sua linhagem, orações para sua salvação, um futuro para sua memória — o som dos cascos ouvido desde as estradas vazias, na terra batida das aldeias e no calçamento das cidades, o rufar lento e soberano, depois vislumbravam as chamas das tochas criando sombras líquidas nas folhagens, nas fachadas das casas, nos rostos aturdidos das pessoas amontoadas nas soleiras das portas, toalhas em volta do pescoço, que tiravam o chapéu e se benziam em silêncio para assistir à passagem do extraordinário cortejo, a carruagem negra puxada por seis cavalos em traje de luto, adornados com capas e sobrepelizes preciosas, a escolta de doze cavaleiros portando tochas, os compridos casacões negros e os crepes pendurados, e por vezes ainda pajens e valetes a pé brandindo velas brancas, por vezes também companhias de guardas, e o cavaleiro em lágrimas à frente do séquito acompanhava o coração até o jazigo, avançando rumo ao fundo da cripta, rumo à capela do monastério escolhido ou à capela de um castelo natal, rumo a um nicho escavado no mármore negro e realçado por colunas retorcidas, um relicário encimado por uma coroa radiante, condecorado com brasões e emblemas preciosos, as máximas latinas dispostas sobre os estandartes de pedra, e, com frequência, as pessoas tentavam espiar pela fresta das cortinas o interior da carruagem, onde se encontrava sentado no banco o oficial responsável por entregar o coração com as próprias mãos aos que, a partir de agora, ficariam encarregados e rezariam por ele, em geral um confessor, um amigo, um irmão, mas a penumbra jamais permitia ver esse homem, tampouco o relicário descansando sobre uma almofada de tafetá negro, e menos ainda o coração lá dentro, o *membrum principalissimum*, o rei do corpo, posto no meio do peito como o soberano em seu reino, como o sol no cosmos, esse coração aninhado numa gaze costurada a ouro, esse coração por quem todo mundo chorava.

O coração de Simon migrava para outro lugar do país, enquanto seus rins, seu fígado e seus pulmões ganhavam outras regiões, seguiam rumo a outros corpos. O que restaria, nessa fragmentação, da unidade de seu filho? Como unir sua memória singular a esse corpo fragmentado? O que será de sua presença, de seu reflexo na Terra, de seu fantasma? Essas perguntas giram ao seu redor como argolas flamejantes e então o rosto de Simon se materializa diante de seus olhos, intacto e único. Ele é irredutível; ele é Simon. Ela sente uma profunda sensação de calma. Lá fora a noite arde como um deserto de gesso.

No Pitié, cercam Claire. Ela é conduzida para um quarto da unidade de cirurgia cardíaca que terá sido inteiramente escovado, desinfetado; uma camada transparente recobre todas as superfícies, o ar do aposento está impregnado por eflúvios de detergente. Uma cama articulada alta demais, uma poltrona de couro sintético azul, uma mesa vazia e, num canto, a porta entreaberta de um banheiro. Ela pousa a bolsa, senta-se na cama. Está vestida inteiramente de preto — esse velho pulôver com fenda nos ombros — e se destaca perfeitamente nesse quarto pálido, como uma sombra. As mensagens de texto começam a aparecer na tela do no celular, os filhos, a mãe, a amiga, todos vêm, todos acorrem, mas nenhuma mensagem do homem das dedaleiras, que acaba de se agachar nos calcanhares contra uma paliçada de bambus entre os cachorros vira-latas e os porcos selvagens, numa aldeia no interior do golfo de Siam.

Ao entrar, a enfermeira declara em tom cordial com as mãos nos quadris: então, hoje é a grande noite! Os cabelos parecem um capacete de sal e pimenta, usa óculos quadrados, as maçãs do rosto coloridas por uma leve rosácea. Claire levanta as palmas para o céu erguendo os ombros, sorri, sim, *tonight everything is possible*. A enfermeira lhe estende sacos achatados e transparentes que cintilam no teto como folhas de gelatina, se curva para a frente, um pingente balança se afastando de sua pele, breve cintilação no vazio — é um coraçãozinho de prata gravado com os dizeres, hoje mais que ontem e menos que amanhã, o tipo de bijuteria anunciada em catálogos de produtos vendidos por correspondência; cativada, Claire acompanha seu balanço com o olhar, depois a enfermeira se apruma, aponta os sacos plásticos: são as roupas que precisa vestir antes de ir para o centro cirúrgico, e Claire as observa num misto de impaciência e reticência — a mesma sensação com que lida já faz um ano, outro nome para espera. Simulando compostura, responde, ainda vamos esperar a chegada do coração, certo? A mulher balança a cabeça e olha o relógio, não, daqui a duas horas, assim que tivermos recebido seus resultados, a senhora vai para o centro cirúrgico, o enxerto chegará por volta da meia-noite e meia, a senhora deve estar preparada, o implante será realizado logo em seguida. Ela sai.

    Claire retira os pertences, arruma os produtos no banheiro, conecta o carregador do celular, que põe sobre a cama; fica à vontade. Telefona para os filhos — eles correm no macadame, no corredor do metrô, ela escuta o eco de seus passos nos corredores, estamos indo, já estamos chegando, arquejam de angústia. Querem tranquilizar a mãe, apoiá-la. Eles não entendem: ela não tem medo da cirurgia. Não é isso. O que a atormenta é a ideia desse coração novo, e que alguém tenha morrido hoje para que tudo isso ocorra, e que esse coração possa invadi-la e transformá-la, convertê-la — ela pensa em histórias de transplantes, incisões, fauna e flora.

Ela anda para lá e para cá no quarto. Se essa é uma doação, é uma doação unusual, pensa. Não há doador nessa operação, ninguém teve a intenção de fazer uma doação, assim como não há donatário, pois ela não está em condições de recusar o órgão: deve recebê-lo caso queira sobreviver. O que é exatamente então? A reciclagem de um órgão que ainda pode ser útil, pode cumprir sua função de bomba? Começa a se despir, senta na cama, tira as botas, as meias soquete. O significado dessa transferência da qual se beneficia graças a uma sorte inverossímil — a compatibilidade inaudita de seu sangue e de seu código genético com os de um ser morto hoje —, tudo isso se torna turvo. Não gosta dessa ideia de privilégio indevido, essa loteria, é como ganhar um pequeno boneco de pelúcia que a garra pega na bagunça das quinquilharias amontoadas atrás do vidro da máquina no parque de diversões. Além do mais, nunca poderá agradecer, esse é o cerne da questão. É tecnicamente impossível, essa palavra radiante, obrigada, cairia no vazio. Jamais poderá manifestar qualquer forma de gratidão ao doador e à sua família, quanto mais oferecer um presente de igual importância a fim de se livrar da infinita dívida, e a ideia de que estará para sempre presa nessa situação passa pela sua cabeça. O piso sob seus pés está gelado, ela tem medo, se retesa inteira.

Aproxima-se da janela. Silhuetas passam apressadas pelas aleias do hospital, carros lentos circulam entre os prédios que redesenham na noite o mapa anatômico do corpo humano, órgão a órgão, patologia a patologia, dissociam as crianças dos adultos, reúnem as mães, os velhos, os moribundos. Espera poder beijar os filhos antes de vestir essa casula de papel tramado que esvoaça sem cobri-la, e dá-lhe a sensação de estar nua no meio de uma corrente de ar. Seus olhos permanecem secos, mas ela pena para dissociar-se da enormidade do que está prestes a viver. Pousando a mão ali, entre os seios, escuta seu ritmo sempre um pouco rápido demais apesar dos medicamentos, sempre também um pouco imprevisível, e pronuncia seu nome em voz alta: coração.

Todas aquelas horas de entrevistas com os médicos encarregados de sua avaliação psicológica quando lhe propuseram o implante — um resumo de suas relações afetivas, uma avaliação de seu grau de integração social, de seu comportamento face à fadiga e à ansiedade, de sua provável disponibilidade a lidar com os tratamentos pós-operatórios, que serão árduos e demorados — apesar de tudo isso, ela não conseguiu descobrir o que aconteceria depois com o seu coração. Talvez exista em alguma parte um depósito de órgãos, diz a si mesma, retirando as bijuterias e o relógio, uma espécie de despejo, onde o seu será depositado com outros iguais a ele, evacuado do hospital pelas portas de serviço em grandes sacos de lixo; ela imagina um contêiner para material orgânico onde ele será reciclado, transformado numa matéria indistinta, composto de carne modificada, servida pelos herdeiros incrivelmente cruéis de Atreu aos rivais que entram na sala do palácio com apetite voraz — servida como panquecas ou *steak tartare*, ou lavagem dada aos cães em grandes gamelas, ou iscas para ursos e mamíferos marinhos — e talvez esses mamíferos marinhos se transformassem depois de ingerir a substância, a pele de borracha cobrindo-se de cabelos loiros como os seus, talvez lhes crescessem longos cílios aveludados.

Alguém bate e entra no quarto sem esperar resposta, é Emmanuel Harfang. Ele se planta diante dela, fala que o coração será retirado por volta das vinte e três horas, que o estado do órgão é impecável, depois se cala e a observa: a senhora queria falar comigo. Ela senta na cama, as costas curvadas, as mãos espalmadas no colchão, tornozelos cruzados — seus pés são encantadores, as unhas pintadas de vermelho vivo reluzem no quarto clórico como pétalas de dedaleiras — sim, tenho umas perguntas, perguntas sobre o doador. Harfang meneia a cabeça, como se achasse sua atitude exagerada, ela conhece a resposta. Já falamos sobre isso. Mas Claire não desiste. Seus cabelos louros roçam as faces. Eu gostaria de poder pensar nisso. Por exemplo, acrescenta persuasiva, de onde vem esse coração? Ele não vem de Paris. Harfang a encara, franze as sobrancelhas, como ela sabe isso?, depois concede: Seine-Maritime. Claire fecha os olhos, acelera: *male or female*? Harfang, responde no mesmo ritmo, *male*; ele alcança a porta aberta para o corredor, ela ouve quando ele sai e reabre as pálpebras, espera, sua idade, *please*. Mas Harfang desapareceu.

Logo em seguida, com expressão preocupada, chegam juntos seus três filhos. O primogênito está terrivelmente ansioso e não lhe solta a mão, o do meio anda em círculos no aposento repetindo sem cessar, vai dar tudo certo, enquanto o caçula trouxe um pacote de balas em formato de coração. Harfang é um homem brilhante, o melhor em sua especialidade, setenta transplantes cardíacos por ano, e tem a melhor equipe, você está em boas mãos, repete ele com a vozinha trêmula. Ela aquiesce mecanicamente, observa seu rosto sem escutar de verdade, eu sei, não se preocupe. É mais difícil com a mãe, que não para de choramingar quanto a vida é injusta, gostaria de ocupar seu lugar na mesa de cirurgia, sugerindo que seria mais natural e mais concebível que seja ela a morrer primeiro, ou ao menos que seja a primeira a correr risco de vida. Claire perde a paciência, mas eu não vou morrer, não tenho a menor intenção de morrer, os garotos exasperados maltratam a avó, chega, cale a boca, assim dá até azar. De volta ao quarto, a enfermeira dá tapinhas no relógio e interrompe a discussão: okay, hora de se preparar. Claire beija os filhos, acaricia-lhes o rosto, sussurra a cada um, até amanhã, meu amor.

Mais tarde, nua, entrou no chuveiro e se lavou demoradamente com Betadine, aspergindo seu corpo inteiro com o líquido amarelo e o esfregando com vigor. Uma vez seca, vestiu a casula esterilizada, em seguida, começou a esperar.

Por volta das vinte e duas horas, a anestesista entra no quarto: tudo bem?, é uma mulher alta de ombros e quadris estreitos, pescoço de cisne, sorriso pálido, as mãos compridas e finas roçam as suas quando lhe estende um primeiro medicamento — para relaxar —, Claire deita na cama, sonolenta embora excitada como nunca. Uma hora mais tarde, o maqueiro do centro cirúrgico entra, segura as grades do leito — vão operar a senhora na mesa e depois a trazem de volta para seu leito — e a transfere sem mais uma palavra. Ela é empurrada por longos corredores, não sabe para onde olhar, vê um desfile de tetos enfadonhos e fios elétricos sinuosos como cobras. À medida que vão se aproximando da área do centro cirúrgico, atravessando portas que exigem senhas eletrônicas que conduzem a áreas estéreis, seu coração acelera. O espaço volta a se dividir, depois é conduzida a uma salinha onde a deixam esperando. Vão buscar a senhora. O tempo se dilui, daqui a pouco será meia-noite.

Atrás da porta da sala de cirurgia, a anestesista verifica a disposição do equipamento destinado ao monitoramento do paciente: eletrodos para monitorar o coração, cateteres para garantir uma leitura contínua da pressão sanguínea e aquele aparelho que se aplica à ponta do dedo e acompanha o nível de oxigênio no sangue. Ela prepara o soro, suspendendo a bolsa de líquido translúcido e verificando a velocidade do fluxo — gestos simples, repetitivos e perfeitamente executados graças à experiência de trinta anos —, bem, podemos começar, todo mundo aqui? Mas ninguém está completamente pronto ainda: a equipe está se arrumando no vestiário, enfiando a roupa azul-céu, as camisetas de mangas curtas e os jalecos de mangas compridas; cada um usa no mínimo duas toucas para garantir que todo o couro cabeludo esteja coberto, e ainda duas máscaras para cobrir a boca. Pantufas descartáveis e galochas, e pares múltiplos de luvas esterilizadas, trocados com frequência. Lavam-se com cuidado, ensaboam os antebraços até os cotovelos com sabão desinfetante, limpam as unhas das mãos várias vezes. Então chega a hora de entrar na sala de cirurgia. Corpos indistintos tomam lugar, verificam os aparelhos, mas os rostos desaparecem, deixando apenas uma impressão genérica da aparência, altura, forma, jeito e expressividade dos olhos que nesse recinto formam a base de uma outra linguagem.

Há um perfusionista, o residente do centro cirúrgico, duas enfermeiras e dois médicos anestesistas: há trinta anos Harfang trabalha com esse duo de velhas amigas; realizou seu primeiro transplante com elas.

E assim começa tudo, como o início de uma corrida. Ele veste uma espécie de avental que cobre seu corpo quase inteiramente, que se enfia pela frente e é amarrado nas costas, uma das mangas presa ao polegar por uma argola — lembra aqueles aventais compridos e estreitos usados por açougueiros. Ele se aproxima de Claire para falar uma última vez com ela: o coração chegará em trinta minutos, é um coração esplêndido, perfeito para a senhora, vocês vão se dar bem. Claire sorri: mas você vai esperar sua chegada ao centro cirúrgico antes de retirar o meu, não é? Harfang, olha para ela atônito: está falando sério?

Claire é anestesiada. Logo imagens surgem sob suas pálpebras, um jorro plástico de formas vagas e tons quentes, uma infinita metamorfose de superfícies, um caleidoscópio de células e fibras enquanto as enfermeiras fazem sua cabeça e seu corpo desaparecerem debaixo de grandes folhas de plástico amarelo, recobertas por sua vez por lençóis cirúrgicos: apenas uma área pequena de pele permanece visível, iluminada claramente pelas lâmpadas; é uma visão emocionante essa área que vão cortar. Harfang começa; com um lápis esterilizado, ele marca no tórax o traçado das incisões a serem feitas, localizando os pontos precisos onde fará as pequenas aberturas — eles deslizarão tubos para dentro desses buracos, através dos quais introduzirão no corpo um sistema de câmeras. Então a anestesista, pendurada no telefone do centro cirúrgico, anuncia: okay, eles estão chegando.

Outro centro cirúrgico num estuário noturno, mas este está quase vazio agora, depois que as equipes saíram em ordem inversa à da preparação do órgão; os últimos a permanecerem junto de Simon Limbres são os urologistas, que retiraram os rins e que agora estão encarregados de dar ao corpo um aspecto exteriormente íntegro.

Thomas Rémige também está lá, o rosto lustroso de fadiga e as faces encovadas, e, apesar de uma nova fase estar prestes a começar — as horas dilatadas em torno do fim da operação, horas diluídas numa temporalidade mais lenta e de menor urgência —, sua presença é mais acentuada. Cada um de seus movimentos, mesmo o mais imperceptível, exprime a ideia de que não, ainda não terminaram. É evidente que ele exaspera os outros de tanto esticar o pescoço por cima de seus ombros, antecipando todos os gestos dos cirurgiões e das enfermeiras. Agora seria tão fácil relaxar, deixar passar um ou dois pontos, agilizar os últimos cuidados, resolver o assunto, no fundo que diferença faz? Mas Thomas, silenciosamente, resiste a esse clima de exaustão geral, mantendo a urgência, ele se recusa de relaxar: essa fase da operação — a restauração do corpo do doador — não pode ser banalizada; é um ato de reparação;

eles precisam reparar os estragos que fizeram. Entregar tudo como foi entregue. Caso contrário, é a barbárie. Ao seu redor, reviram os olhos para o céu, suspiram: não se preocupe, está pensando o quê, não vamos fazer nada às pressas, tudo será feito como deve ser feito.

O corpo de Simon Limbres está oco; em determinados lugares a pele parece ter sido aspirada por dentro. Ele não tinha essa aparência atrofiada, mutilada, quando entrou no centro cirúrgico, então isso transgride a promessa feita aos pais. O vazio precisa ser preenchido. Rapidamente, os médicos criam uma espécie de guarnição, usando tecidos e compressas, um estofamento grosseiro que tem que ser modelado na melhor forma possível para imitar a forma e a posição dos órgãos retirados. Suas mãos se movem rapidamente, ocupadas num ato de restauração: trata-se de devolver a Simon Limbres sua aparência original, a fim de que seja ele — essa imagem dele — que será lembrado pela família quando o encontrarem amanhã na câmara mortuária, a fim de que possam reconhecê-lo como aquele garoto que ele foi.

Agora, o corpo está sendo fechado — sobre seu vazio, seu silêncio. A sutura em questão — uma costura com um único fio e um nó em cada extremidade — será delicada, caprichada, a agulha do médico fina e precisa traçando um pontilhado retilíneo, mas o que choca é que aquele ato de costurar, essa arte arcaica sedimentada na memória dos homens desde a era paleolítica, possa entrar no centro cirúrgico e concluir uma operação de tal teor tecnológico. O cirurgião trabalha num nível completamente intuitivo, absolutamente inconsciente de seus próprios gestos, sua mão opera voltas regulares sobre a ferida, cada volta curta e idêntica, atando e fechando a pele. À sua frente, o jovem residente continua a observar e a aprender — para ele também é a primeira vez que assiste a uma retirada múltipla de órgãos, e provavelmente adoraria fazer a sutura, provavelmente também gostaria de colocar a mão no corpo do doador a fim de compartilhar do gesto coletivo, mas suas percepções foram colocadas à prova pela intensidade da operação, e seja por fadiga, seja por nervosismo, sua visão é embaçada por borboletas negras esvoaçantes. Ele se retesa, diz a si mesmo que não desmaiou quando o sangue foi esvaziado dentro do balde, já é alguma coisa, e que o que importa agora é manter-se de pé até o fim.

À uma hora e trinta, os urologistas pousam seus utensílios, erguem a cabeça, aspiram, abaixam a máscara e deixam o centro cirúrgico, levando os rins. Na sala, permanecem Thomas Rémige e Cordélia Owl, a qual parece manter-se de pé sob o efeito de uma tensão residual; há quase quarenta horas não dorme e tem a sensação de que, se desacelerar, vai desmaiar. Ela começa o trabalho final. Faz o inventário dos instrumentos, preenche etiquetas, anota algarismos em folhas impressas, registra os horários, e essas formalidades administrativas, realizadas com o rigor de um autômato, deixam sua mente livre para divagar, para que flashes espoquem em seu cérebro, sobreposição de imagens unindo fragmentos de corpos, palavras sedutoras, lugares distintos — o corredor do hospital desemboca numa passagem abobadada de fedores pungentes, a mecha de cabelos treme sobre a chama do isqueiro, as luzes alaranjadas dos postes ondulam verticalmente nos olhos de seu amante, as sereias de cabelos verdes se contorcem na carroceria de uma caminhonete, enfim seu celular vibra na noite —, sequência contínua porosa sobre a qual se imprime o rosto de Simon Limbres, de quem ela cuidou essa tarde, que ela examinou e acariciou, e essa jovem com seu corpo cheio de chupões marrons e coberto por pele de leopardo, de repente imagina quanto tempo vai precisar para decantar essas horas, para que dela possa filtrar a violência, esclarecer o sentido — o que acabo de viver? Seus olhos embaçam, ela olha o relógio, abaixa a máscara, preciso ir até o plantão um instante, a estagiária está sozinha lá em cima, volto já. Thomas aquiesce sem olhar para ela, está bem, vou terminar, não tenha pressa. Ele escuta os passos da jovem se afastarem e a porta do centro cirúrgico se fechar. Agora, Thomas está sozinho. Olha lentamente ao seu redor, e o que vê o faz tremer: o lugar está devastado, um caos de material e de fios elétricos, telas viradas, utensílios usados, roupas imundas amontoadas sobre as bancadas, a mesa de cirurgia está suja e o chão respingado de sangue. Quem entrasse e espiasse aquela sala na luz fria formaria uma imagem de campo de batalha, uma imagem de guerra e de violência; Thomas estremece e se põe a trabalhar.

Agora o corpo de Simon Limbres é um cadáver. É o que a vida deixa para trás quando vai embora, o que a morte deixa no campo de batalha. É um corpo violado. Chassi, carcaça, pele. A pele de Simon assume lentamente a cor do mármore, parece enrijecer sob o halo dessa iluminação crua florescente, parece transformar-se numa carapaça seca, num plastrão, numa armadura, e as cicatrizes atravessadas no abdômen lembram um golpe mortal — a lança no flanco de Cristo, o golpe de espada do guerreiro, a lâmina do cavaleiro. Então, terá sido por causa da costura que devolveu o canto do Aedo, o rapsodista da Grécia antiga, ou o rosto de Simon, sua beleza de jovem, fresca como as ondas do mar, seus cabelos ainda secos de sal e encaracolados como um dos companheiros do aflito Ulisses, ou terá sido essa cicatriz em cruz, Thomas começa a cantar. Um canto tênue, mal audível até por quem está com ele no recinto, mas um canto sincronizado com essa limpeza póstuma, um canto que acompanha e descreve, um canto que testemunha.

O material necessário para a limpeza do corpo antes da partida para a câmara mortuária está disposto sobre um carrinho com rodinhas. Thomas vestiu um avental descartável por cima do jaleco, colocou as luvas descartáveis, juntou as toalhas — também descartáveis, usadas uma única vez para Simon Limbres —, compressas de celulose macia e um saco de lixo amarelo. Começa por fechar os olhos do menino usando um tampão ocular seco; em seguida, para lhe fechar a boca, enrola dois pedaços de tecido e coloca um debaixo do occipício, de modo a flexionar a cervical, enquanto apoia o outro no tórax para sustentar o queixo. Em seguida, retira do corpo tudo que foi ali inserido, esses fios e esses tubos, essas perfusões e a sonda urinária, livrando-o de tudo que o atravessa, que o enlaça, tudo que obstrui sua visão de Simon Limbres. Uma vez liberto, o corpo parece de repente mais nu do que antes: corpo humano catapultado para além da humanidade, matéria inquietante à deriva na noite magmática, no espaço informe do contrassenso, mas entidade à qual o canto de Thomas confere uma presença, uma nova inscrição. Pois esse corpo, destruído e dividido pela vida, reencontra sua unidade sob a mão que o lava, no sopro da voz que canta; esse corpo que suportou algo extraordinário está agora unido nas companhias dos homens, com a mortalidade comum. Ele se torna objeto de louvores, embelezam-no.

Thomas lava o corpo, os movimentos são calmos e hábeis, e a voz que canta se apoia no cadáver para não desfalecer, assim como se dissocia da linguagem para se fortalecer, se liberta da sintaxe terrestre para se pôr naquele exato local do cosmos em que vida e morte se cruzam: a voz inspira e expira, inspira e expira, inspira e expira; ela conduz a mão que revisita pela última vez o molde do corpo, nele reconhece cada dobra e cada espaço de pele, inclusive essa tatuagem a tiracolo, esse arabesco de um negro esmeralda que Simon mandara inscrever na pele justamente no verão no qual tinha tomado consciência de ser dono de seu corpo, de que seu corpo expressava algo a respeito dele. Thomas comprime agora os pontos de punção que subsistem no local onde os cateteres perfuravam a epiderme, coloca uma fralda no menino, e até ajeita seus cabelos de modo a iluminar seu rosto. O canto se amplifica ainda mais no centro cirúrgico enquanto Thomas envolve o cadáver num lençol imaculado — esse lençol no qual em seguida dará um nó em torno da cabeça e dos pés — e, ao observá-lo trabalhar, imaginamos os rituais funerários visando conservar intacta a beleza do herói grego morto deliberadamente no campo de batalha, esse tratamento particular destinado a restabelecer a imagem, a fim de garantir seu lugar na memória dos homens. A fim de que as cidades, as famílias e os poetas possam cantar seu nome, celebrar sua vida. É uma bela morte, o canto de uma bela morte: não uma elevação, a oferenda sacrificial, não uma exaltação à alma do defunto que, envolta em nuvens, subiria em círculos ascendentes na direção do céu, mas uma edificação, ele reconstrói a singularidade de Simon Limbres. Thomas faz surgir o jovem da duna, uma prancha debaixo do braço, fazendo-o correr na direção da praia com outros como ele, fazendo-o brigar por um insulto, saltitando, os punhos na altura do rosto e a guarda fechada, fazendo-o saltar no fosso de uma casa de shows, dançar na roda punk como um louco e dormir de bruços em sua cama de criança, ele o faz rodopiar Lou — as pequeninas panturrilhas voltejando acima do assoalho —, também o faz sentar-se à meia-noite na frente da mãe que fuma na cozinha para falar do pai; ele o faz ainda despir

Juliette e estender-lhe a mão para que ela salte sem medo do muro da praia, o propulsiona num espaço *post-mortem* no qual a morte não mais o alcança, o espaço da glória imortal, o das mitografias, o do canto e da escrita.

Cordélia reaparece uma hora mais tarde. Inspecionou toda a unidade, empurrou as portas, fez uma ronda na sala de recuperação, verificou os sinais vitais nos quartos, o fluxo de saída das seringas elétricas e das diureses, debruçou-se sobre os pacientes adormecidos, sobre os rostos às vezes contorcidos de dor, observou as posturas, escutou as respirações e depois desceu para encontrar Thomas. Ela o surpreende cantando, o escuta antes mesmo de vê-lo, pois agora sua voz está alta. Comovida, ela fica imóvel, com as costas coladas na porta do centro cirúrgico, as mãos ao longo do corpo, a cabeça inclinada para trás, ela escuta.

Depois, Thomas ergue os olhos. Chegou na hora exata. Cordélia avança para a mesa. O lençol branco foi erguido na altura do esterno de Simon, ressaltando os traços de seu rosto, o tecido da pele, as cartilagens transparentes, a polpa dos lábios. Ele está bonito?, indaga Thomas; está, sim, muito, responde ela. Então se fitam com intensidade, e juntos levantam o corpo, que, apesar de tudo, ainda é bastante pesado, cada um numa extremidade e o deslizam sobre a maca, numa mortalha, antes de chamar os agentes da funerária. Amanhã de manhã, Simon Limbres será devolvido à família, a Sean e a Marianne, a Juliette e a Lou, a seus entes queridos, será devolvido a eles *ad integrum*.

O avião aterrissa no Bourget à meia-noite e cinquenta. O tempo é tirano. Com uma coordenação logística impecável, um carro os aguarda. Não um táxi, mas um carro especializado nesse tipo de missão, e termicamente regulado. As portas trazem a inscrição: Veículo Prioritário, Doação de Órgãos. Uma calma profunda reina em seu interior: embora a tensão seja palpável, não há aqui nenhum vestígio do tipo de urgência mostrada nas reportagens televisivas sobre a glória dos cirurgiões que fazem transplantes, sobre a heroica cadeia humana, nenhuma pantomima histérica, nenhum cronômetro em vermelho no canto da tela, nenhuma luz piscando ou sirenes, nenhum pelotão de motociclistas de capacete branco e botas negras liberando a estrada num inferno de polegares estendidos e rostos impassíveis, maxilares contraídos. O processo se desenrola, está sob controle, e por enquanto o trânsito na autoestrada está fluindo, o fluxo das pessoas voltando para casa depois do um final de semana já está diluído: diante deles Paris se ergue sob um domo de luz corpuscular. O centro cirúrgico chama quando passam por Garonor: a paciente está instalada, começamos a preparação, onde estão? Estamos a dez minutos de La Chapelle. Estamos no prazo, Virgilio murmura, e olha

Alice, seu perfil de coruja — testa côncava, nariz adunco, pele sedosa — encostada na gola de pelo do casaco branco, essa aí não nega que é da família Harfang, pensa.

Na altura do Stade de France, o trânsito para. Droga. Virgilio se empertiga, ficando tenso instantaneamente. Que diabos ainda estão fazendo aí? O motorista não reage. É o jogo, eles não querem voltar para casa. Uma grande quantidade de carros estão de janelas abertas, e jovens embriagados de alegria agitam no frio o mastro da bandeira italiana; há ônibus fretados por associações de torcedores e caminhões frigoríficos para entrega a longas distâncias encurralados na massa eufórica. Ouvem que há um acidente à frente. Alice solta um grito, Virgilio se retesa. Centímetro a centímetro, o motorista consegue aumentar a distância entre os carros vizinhos, passando por eles até alcançar o acostamento. Ele dirige em velocidade reduzida por cerca de um quilômetro, ultrapassando o local do acidente que, causara o nó no trânsito; a partir de então a pista está vazia e ele pisa no acelerador, as luzes espaçadas na barreira de segurança formam apenas um longo cordão luminoso na noite. Outra lentidão perto de La Chapelle. Vamos pegar o anel viário. As saídas da cidade se sucedem no lado leste, de Aubervilliers a Bercy, longa curva ao cabo da qual o carro embica para a direita, entra na cidade, então veem as margens do Sena, as torres da biblioteca, uma curva à esquerda e sobem o boulevard Vincent-Auriol, freiam na altura de Chevaleret, entram na área do hospital, chegamos. O carro para na frente do prédio — trinta e dois minutos, nada mau. Virgilio sorri.

No centro cirúrgico, a equipe mal ergue a cabeça quando do eles chegam juntos, levando o tesouro ao pé da mesa de cirurgia como uma presa aos pés do mestre. Sua chegada não desvia a atenção dos cirurgiões da intervenção, que acabou de começar. Virgilio e Alice mal são cumprimentados quando entram, já com roupas esterilizadas, braços lavados, mãos desinfetadas — e agora Virgilio não vê nada de Alice além dos olhos estranhos, lentos e profundos onde se coagulam amarelos esparsos, amarelo-esverdeado e mel, topázios esfumaçados. De qualquer forma, Harfang pergunta: então, correu tudo bem com o coração? E Virgilio, no mesmo tom descontraído, responde: sim, só um acidente de carro na volta.

O coração é depositado dentro de uma cúpula perto da mesa. Alice sobe numa pequena plataforma na extremidade da mesa para observar o transplante, suas pernas bambeiam um pouco quando sobe o degrau. Enquanto isso, Virgilio avança para ocupar o lugar do residente do centro cirúrgico: por pouco não lhe tira das mãos os instrumentos, e tudo nele expressa seu desejo de estar ali sob as três lâmpadas cialíticas acima do tórax, diante de Harfang. Agora, trabalham juntos.

De repente, ao divisar o coração de Claire, Harfang assobiou e exclamou, nossa, esse aí está em péssimo estado, ela vai ficar muito contente de se livrar dele, o que provocou risinhos abafados ao seu redor — Harfang tem a reputação de manter cada um dos membros de sua equipe sob uma pressão aterrorizante, dando a impressão de que está ciente de tudo, olhos atrás da cabeça, então essa leveza é inesperada. Mas o centro cirúrgico é o único espaço onde ele se sente vivo de verdade, onde consegue expressar quem é, sua paixão atávica pelo trabalho, seu rigor maníaco, sua fé no homem, sua megalomania, seu desejo de poder; ali ele convoca sua linhagem e recorda, um a um, os homens que criaram a ciência dos transplantes de órgãos, os progenitores, os pioneiros — Christiaan Barnard na Cidade do Cabo, em

1967, Norman Shumway em Stanford, em 1968, ou ainda Christian Cabrol ali no Pitié —, os homens que inventaram o transplante, que o conceberam mentalmente, compondo-o e decompondo-o centenas de vezes antes de realizá-lo, todos homens dos anos sessenta, trabalhadores compulsivos e estrelas carismáticas, competidores mediáticos que disputavam o primeiro lugar e não hesitavam em roubar um do outro, Casanovas com históricos de múltiplos casamentos, cercados de garotas usando botas de montaria e minissaias Mary Quant, maquiladas como Twiggy, autocratas de uma audácia louca, homens cobertos de honrarias mas sem nunca perderem a raiva.

Em primeiro lugar, eles têm de se ocupar das veias e das artérias que conduzem o sangue para dentro e para fora do órgão. Uma a uma, as veias são cortadas e pinçadas — Harfang e Virgilio agem rápido, é como se essa rapidez fosse o sustentáculo da ação, como se desacelerando corressem o risco de tremer; é impressionante, o coração é extraído do corpo e a circulação extracorpórea é restabelecida: uma máquina substitui por duas horas o coração de Claire, uma máquina que vai reproduzir o circuito do sangue em seu corpo. Nesse instante, Harfang exige silêncio. Tilinta uma lâmina sobre um tubo de metal, depois pronuncia através da máscara a frase ritual nesse estágio da operação: *Exercitatio Anatomica de Motu Cordis et Sanguinis in Animalibus* — homenagem a William Harvey, primeiro médico a descrever, em 1628, a totalidade do sistema de circulação sanguínea no corpo humano, já designando o coração como uma bomba de efeito hidráulico, um músculo que garantia a continuidade do fluxo por seus movimentos e suas pulsações. Na sala de cirurgia, sem interromper o trabalho, todos respondem: amém!

O perfusionista fica desconcertado com esse ritual estranho. Não sabe latim e não entende o que está acontecendo. É um enfermeiro de cílios arqueados, um cara jovem, vinte e cinco, vinte e seis anos, o único ali que nunca trabalhou com Harfang. Está sentado em um alto tamborete colocado diante de sua máquina, como um DJ na mesa de som, e ninguém ali ficaria mais à vontade do que ele na desordem de fios saindo das grandes caixas pretas. Filtrado, oxigenado, o sangue corre dentro de um emaranhado de finos tubos transparentes, etiquetas adesivas de código colorido detalhando sua direção. Na tela, o eletrocardiograma está plano, a temperatura do corpo é de 32°C, mas Claire está viva. Os anestesistas se revezam para verificar os sinais vitais e para confirmar que ela está recebendo as substâncias necessárias. Podem continuar.

Então Virgilio se abaixa e pega o recipiente que contém o coração. As ataduras das diferentes bolsas a protegê-lo são aspergidas com desinfetante, depois desfeitas; em seguida ele extrai o órgão da redoma, segurando com as duas mãos e o coloca no fundo da caixa torácica. Alice, ainda sobre o degrau metálico, agora fica na ponta dos pés, mantendo os olhos fixos, fascinada, e quase perde o equilíbrio quando avança o queixo para conseguir uma visão melhor do que se passa no interior do corpo. Não é a única a esticar o pescoço assim, o residente cirúrgico ao lado de Harfang também avança, o suor gotejando tanto que os óculos escorregam pelo nariz e quase os perde, recuando *in extremis* para repô-los no lugar, esbarrando numa perfusão com o cotovelo. Cuidado, por favor, avisa o anestesista com a voz seca, antes de lhe estender uma compressa.

Agora os cirurgiões começam um longo processo de costura: tratam de conectar o coração novo, partindo de baixo para cima, de modo a ancorá-lo nos quatro pontos — a aurícula esquerda do receptor é costurada na parte complementar da aurícula esquerda do coração do doador, idem quanto à aurícula direita, então a artéria pulmonar do receptor é ligada ao final do ventrículo direito do doador, e a aorta no final do ventrículo esquerdo. Em intervalos regulares, Virgilio massageia o coração, comprime-o com as duas mãos, e então seus pulsos desaparecem dentro do corpo de Claire.

Agora se instala um clima mais rotineiro, aumentam os fragmentos de conversas, por vezes um alvoroço de vozes, brincadeiras típicas do centro cirúrgico, piadas internas. Harfang indaga Virgilio sobre o jogo com esse misto de condescendência e de falsa cumplicidade que irrita o italiano: então, Virgilio, o que tem a dizer da estratégia dos italianos, acha que resulta em boas partidas? E o jovem responde, seco, que Pirlo é um jogador e tanto. O corpo é mantido em hipotermia, mas agora faz calor na sala, enxugam a testa dos médicos, as têmporas e os lábios, ajudam-nos a mudar regularmente as roupas e luvas — a enfermeira abre os sacos e depois estendem as roupas de proteção retas e ao avesso. A energia humana ali dispendida, tanto a tensão física como a dinâmica da ação — nada menos que a transferência da vida —, não poderia produzir nada além dessa umidade que começa a crescer, a pairar como uma nuvem sobre a sala.

O trabalho de sutura é afinal concluído. O órgão é limpo, o ar é removido a fim de evitar que eventuais bolhas subam para o cérebro de Claire: agora o coração está pronto para receber sangue.

A tensão dispara como uma flecha ao redor da mesa. Harfang declara: okay, tudo bem, podemos começar agora. O enchimento é efetuado milímetro a milímetro, exigindo um fluxo perfeitamente calibrado, qualquer operação demasiadamente brusca deformaria o órgão e impediria a recuperação de sua forma inicial. As enfermeiras prendem a respiração, os anestesistas observam atentos, o perfusionista transpira, enquanto Alice permanece imperturbável. Ninguém na sala mexe um músculo; um silêncio compacto paira sobre a mesa de cirurgia enquanto o coração é lentamente irrigado. Chega enfim o momento da desfibrilação. Virgilio apanha as placas, e as estende a Harfang; os aparelhos permanecem suspensos no ar o tempo de entrecruzarem os olhares; então Harfang aponta o queixo para Virgilio, vá em frente — e talvez nesse instante Virgilio reúna todo o seu cabedal de orações e de superstições, talvez suplique aos céus, ou ao contrário, repense sobre tudo que eles conseguiram fazer até agora, a soma das ações e a soma das palavras, a soma dos espaços e dos sentimentos —, e cuidadosamente aplica as placas elétricas de cada lado do coração, dá uma olhada na tela do eletrocardiograma. Pode carregar. Afasta! O coração recebe a descarga, o mundo inteiro imobilizado acima do que agora passou a ser o coração de Claire. O órgão se move de modo tênue, dois, três sobressaltos, depois paralisa. Virgilio engole em seco, Harfang apoia as mãos na beira da cama e Alice está tão branca que o anestesista, com medo de que ela desmaie, a pega pelo braço e a ajuda a descer do degrau. Segunda tentativa. Pode carregar.

— Afasta!

O coração se contrai, um estremecimento, depois contrações quase imperceptíveis, mas passíveis de serem percebidas de perto, fracos batimentos, e pouco a pouco o órgão começa a bombear o sangue no corpo como costumava fazer. As pulsações, estranhamente rápidas mas regulares, logo constituem um ritmo, e sua batida evoca a do coração de um embrião, essa percussão brusca ouvida durante o primeiro ultrassom, e o que se ouve é realmente embriônico, a primeira batida, uma nova aurora.

Será que Claire escutou a voz de Thomas Rémige durante seus sonhos anestésicos, enquanto ele cantava a bela morte? Será que o escutou às quatro horas da manhã enquanto recebia o coração de Simon Limbres? Ela é mantida sob assistência extracorporal durante mais trinta minutos, depois, como Simon, ela também é costurada, os afastadores autoestáticos afrouxando os tecidos para uma delicada sutura digna de uma senhorita. Ela permanece no centro cirúrgico sob observação, cercada de telas negras que traçam as ondas luminosas de seu coração, enquanto seu corpo está em recuperação, enquanto a confusão da sala é arrumada, enquanto os instrumentos e as compressas são contadas, enquanto o sangue é limpado, enquanto a equipe se dispersa, enquanto cada um tira suas roupas de trabalho e veste sua roupa normal, enquanto todo mundo lava o rosto e as mãos, para em seguida deixar o recinto do hospital e pegar o primeiro metrô, enquanto Alice recupera a cor e arrisca um sorriso no momento em que Harfang sussurra-lhe ao ouvido, então, minha pequenina Harfang, o que você achou disso tudo?, enquanto Virgilio retira sua touca e abaixa a máscara e decide convidá-la para uma cerveja em algum lugar de Montparnasse, um prato de batatas fritas, um contrafilé sangrento para prolongar o clima daquela noite, enquanto ela veste seu casaco branco e ele acaricia a gola de pelo, enquanto os primeiros raios de luz tocam a vegetação rasteira e os musgos se tornam azuis, enquanto o pintassilgo canta e o grande surf chega ao fim na noite digital. São cinco e quarenta e nove.

Este livro foi composto pela Rádio Londres em Plantin e impresso pela Cromosete Gráfica e Editora Ltda em ofsete sobre papel Pólen Soft 80g/m².